火鸟／鲁迅　绘

猫头鹰 / 鲁迅 绘

鲁迅像（炭笔画）／陶元庆　绘

春秋
鲁迅

郝永勃 著

中国青年出版社

（京）新登字083号

图书在版编目（CIP）数据

春秋鲁迅／郝永勃著. —北京：中国青年出版社，2013.12
ISBN 978-7-5153-2196-7

Ⅰ.①春… Ⅱ.①郝… Ⅲ.①散文集－中国－当代
Ⅳ.①I267

中国版本图书馆CIP数据核字（2013）第319833号

责任编辑：孙文明
装帧设计：瞿中华

出版发行：中国青年出版社
社址：北京东四12条21号
邮政编码：100708
网址：www.cyp.com.cn
编辑部电话：（010）57350402
门市部电话：（010）57350370
印刷：三河市世纪兴源印刷有限公司
经销：新华书店
开本：850×1168 1/32
印张：10.5
字数：200千字
版次：2013年12月北京第1版
印次：2013年12月河北第1次印刷
定价：30.00元

本图书如有印装质量问题，请凭购书发票与质检部联系调换
联系电话：（010）57350337

印章

靈臺無計逃神矢　風雨
如磐闇故園　寄意寒
星荃不察　我以我血薦
軒轅

二十一歲時作五十一歲時

寫出時辛未九月初九日也　魯迅

無情未必真豪傑　怜子如何不丈夫　知否興風狂嘯者　回眸時看小於菟

坪井先生唔正　未年之秋戴作林贈
魯迅

無情未必真豪傑　怜子頭何不丈夫　如否興風狂嘯者　回眸時看小於菟

達夫先生唔正
魯迅

答客诮／鲁迅　书

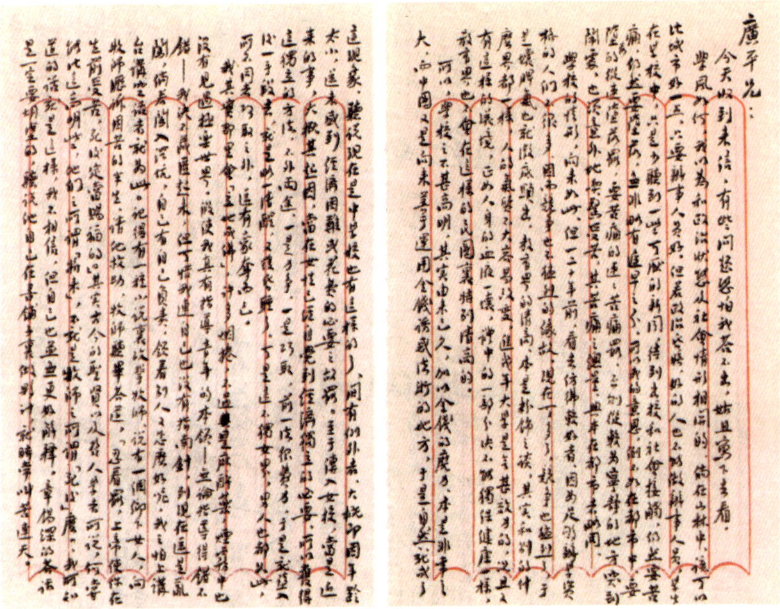

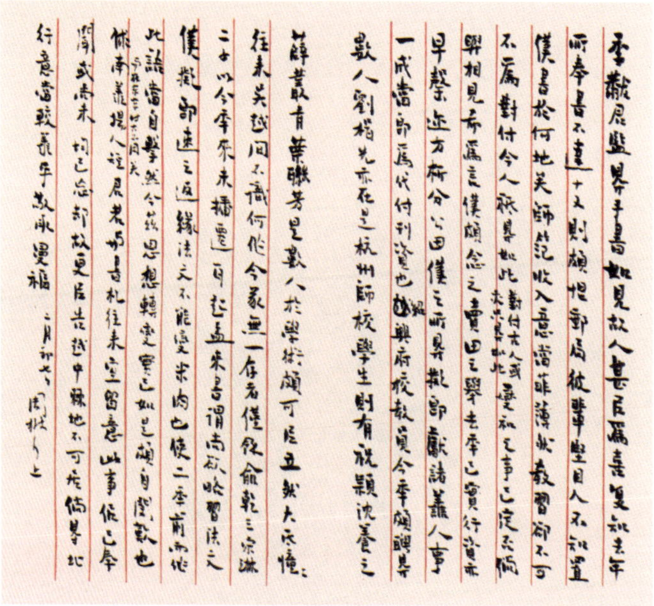
季巿君鑒：得手書如見故人，甚足爲喜。復知去年
所奉書不達，十又則頗怛郵局彼輩堅目人不知置
仆書於何地矣。師範紀收入意當非薄，然教習却不可
不爲。對付今人，祇須如此（對付古人或更不如此）。燮和之事已定，不佩
與相見亦無益。言仆頗念之。賣田之舉，去年已實行，資亦
早罄，近方擬分公田，仆之所得，擬即獻諸善人，事
一成當即爲代付刊資也。越（紹）興府校教員今年頗聘得
數人，劉楫先亦在是。杭州師校學生則有祝顥、沈養之、
薛叢青、葉聯芳，是數人於學術頗可立，然大不愜々。
往來吳越間，不識何能令家無一存者，僅餘俞乾三、宗琳
二子，以今年來未播遷，可起孟來書謂尚欲略習法文，
仆擬即速之返，緣法文不能變米肉也。使二年前而
此語，當自擊，然今茲思想轉變，實已如是，頗自閔歎也。[illegible]
協南義提人誼，君老師書札往來，宜留意此事，俟已奉
聞，或尚未。相已忘却，故更足告越中棘地不可居，倘得北
行，意當較善乎。敬承還福。 二月初七日 周樹人上

致许寿裳（1911 年 3 月 7 日）

簪花酌酒缦卿盘

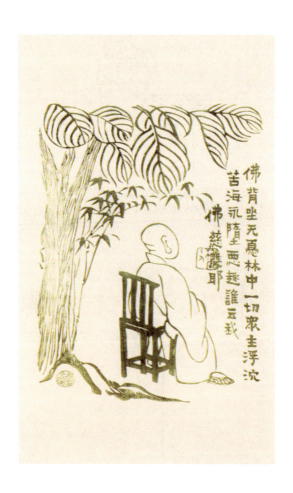

佛背坐无恩林中一切衆主浮沈
苦海永隨惡趣誰云栽
佛慈愍耶

北平笺谱

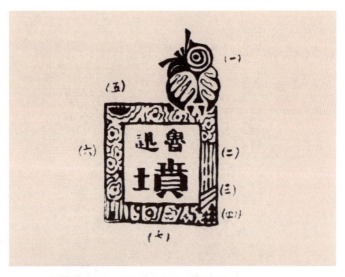

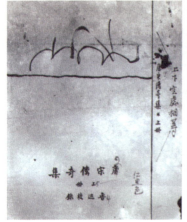 

《坟》卷前小画／鲁迅　绘　　《唐宋传奇集》封面设计稿／鲁迅　绘

热风　鲁迅

准风月谈

鲁迅：伪自由书
一名。一九三三两。集

南腔北调集　鲁迅

鲁迅作品书影

桃色的雲

愛羅先珂 作　　魯迅 譯

小約翰

荷蘭·F·望藹覃 著　　魯迅 譯

魯迅译作

《在沙漠上》《蕗谷虹儿画选》封面／鲁迅　设计

《论艺术》《创作的经验》封面／鲁迅　设计

《心的探险》《引玉集》封面／鲁迅　设计

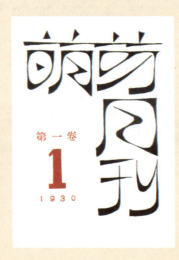

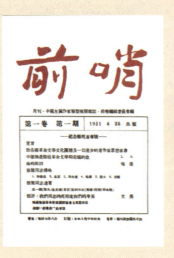

《萌芽月刊》《前哨》杂志／鲁迅　设计

《表》《鲁迅自选集》封面／鲁迅　设计

《韩江舟子》（木刻画）／罗清桢 绘

《沙乐美》（插图）／奥布里·比亚兹莱 绘

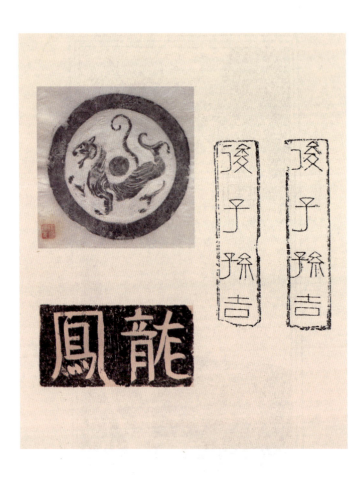

陶瓦当　龙凤砖　后子孙吉砖

德国的孩子们饿着（版画）／凯绥·珂勒惠支　绘

馒头门前（水彩画）／司徒乔 绘

希望（油画）／乔治·弗雷德里克·瓦兹　绘

夏娃与蛇（版画）

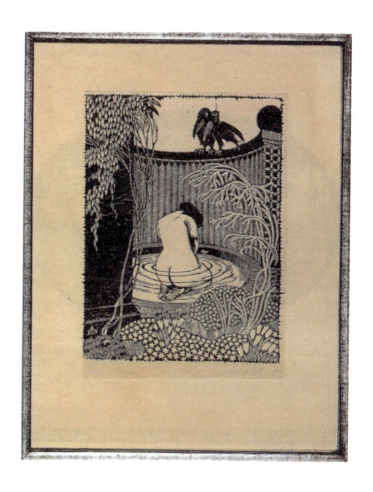

苏珊娜入浴（版画）

戒定慧／弘一 书

水仙／陈师曾　绘

昔我往矣 楊柳依依 今
我来思 雨雪霏霏

一九二三年一月五日

永持先生屬書 魯迅

鲁迅 1923 年 1 月 5 日书赠日本人永持德一

目录

小引

我知道迟早会有这一天，为一本书的写作激动不已。从元旦到春节，以前没有这样写过，以后大概也不会有了……持续地体验着写作的愉悦。忘却了时间，忘却了疲劳，有时半夜醒来，想着某一个句子，某一个段落，某一个章节，就继续写。

一本书的孕育，已有很多年了。在上个世纪80年代初，读过《果戈里是怎样写作的》，一粒灵感的种子就撒入土中了。鲁迅曾在一封信中说："《果戈里是怎样写作的》我看过日译本，倘能译到中国来，对于文学研究者及作者，是大有益处的……"应该怎样写，不应该怎样写；为什么能写好，为什么写不好，从已定评的大作家的作品中，去寻找一种参照。

在这之后，我写了《鲁迅肖像》，从不同的写作体裁，不同的写作门类，去体会他写作的动因。如果说这是一个"横向读本"的话，那么，现在所写的《春秋鲁迅》，就是"纵向读本"了。从 1898 年到 1936 年，以时间的顺序，去发现他写作的魅力。

"每个民族的主要光荣都来自其作家。"约翰逊在《词典》序言中的话，对我是一种引导。写作是要与人有益的，做事也是要与人有益的。

在写作之前，有六个多月的时间，做着准备工作。大量的阅读，查找资料，做笔记，写提纲，起标题，寻觅线索，构筑框架……但真到写的时候，有的用上了，有的用不上了。沿着他写作的轨迹，跟着思路走，向高处走，向远处走。他的文字：斩钉截铁，跌宕自喜；余音缭绕，回味无穷。

本雅明最大的心愿："写一本完全由引文组成的书。"鲁迅的书，蕴含着巨大的精神财富。不同的人能从中挖掘出不同的东西。哪些可以引用，哪些不可以引用。能不能做到，恰如其分。

写作意味着一种再生。古希腊哲人说："一粒麦子除非掉在地上死去，仍旧是一粒孤独的麦子，如果死了，就能结出许多子粒。"写作的过程，也是一种复活的过程。

写作的初衷，为了学习写作，为了一种敬仰之情，为了接近伟大的心灵。

写作的目的，希望有更多的读者，更多有志于文学的青年读者，去读鲁迅的原著。

写作的理想，就是出一部具有年表性的书，既平实好读，又饱含了诗性；既为了读者，也为了自己。

还有那么一点自信：这本书对读者会有益的，这一切源于鲁迅的品格。

未见天才痕迹的起点
1898—1909

当读书和写作成为习惯的时候，已经别无选择了。

我常常不知道写什么，怎么写，能不能写好，但也还会为一部书，一件事，一个人而激动。

当我写的《鲁迅肖像》由中国社会出版社出版发行的时候，从中又获得了写作的勇气和信心。至少，我知道自己能写什么，不能写什么。

想写就写。一不能等，二不能靠，三不能不坚忍。等到条件成熟，等到万事俱备，等到精力充沛……而写作的激情也就等没了。等待是一种自我折磨的方式。要做就做，倘若说写作是幸福的体验，那么，还要靠什么？灵感是会越写越多的，就像脑子越用越灵活一样。人要干成点事，不坚持是不行的。关键的时候，中断与疲软的时刻，挺住的确意味着一切。

人，一旦自知苍白与卑微，那么，就需要丰美与高贵的东西来验证自己。我们从哪里来，我们是谁，我们要到哪里去？

每个人都有独一无二的天赋，有的被唤醒了，有的还在沉睡着，有的似醒非醒……

阅读与写作，就是唤醒与被唤醒的过程。

我们需要参照，需要对比，需要有所借鉴，也不仅仅与他人比，也包括自己。

从出版第一本诗集，至今，已二十多年了。当初一起爱好文学的，多半被世俗的生活分化互解了。为什么还要写，为什么不写？

我要感谢鲁迅先生的书，我保存了他三种不同版本的全集。我曾经想过，谁是对自己影响最大的作家，谁的书能百读不厌，谁的文字能打造得如此精美？

从新文化运动以来，除了鲁迅，还有谁，如此多变，如此神龙见首不见尾，如此有情、有义、有胆、有识、有趣？相信，灵魂是有的，当灵魂远去的时候，他的书便是他灵魂的家园。

一个从事写作的人，书读多了，也不一定就能写好，但一个读书很少的人，却是注定写不好的。——还在于读什么样的书，接触什么样的人，做什么样的事。因为热爱他的书，从而更加热爱他的人。我想了解他是如何写作的，他曾热爱过什么人，能给我们什么启示？

这并非一件容易的事。也正因为做起来难，才会吸引着自己去尝试，去感受，去上下求索。

打开一卷书，就像推开一扇门，还需要什么？

门已经向我们敞开了。

站在门外看鲁迅，就像看一位既熟悉又陌生的人，既平凡又伟大的人。

鲁迅之于中国，就像但丁之于意大利，莎士比亚之于英国，塞万提斯之于西班牙，歌德之于德国，雨果之于法国，列夫·托尔斯泰之于俄国，意义深远。

我也不知道从何时开始，喜欢看一个人的写作年表，欣赏朴素的记事方式，那一年发生了什么，读了什么，写了什么？而相对完整地认识一位作家，莫过于去读他的编年全集，就相当于读大部头的自传。

无论多么伟大的人物，在他的青少年时代，与同龄人，与周围的人，不见得有多么大的区别。再比如婴儿的第一声啼哭，分辨谁和谁就更难了。

1898 年，他写《戛剑生杂记》时，只有 17 岁，是他流传下来最早的文章，看不出什么天才的痕迹。那年 5 月，他从浙江绍兴往江苏南京考入江南水师学堂；同年 10 月，改考入江南陆师学堂附设矿物铁路学堂。在异乡，为异客。他写道："行人于斜日将堕之时，暝色逼人，四顾满目非故乡之人，细聆满耳皆异乡之语，一念及家乡万里，老亲弱弟，必时时相语，谓可当至某处矣，此时直觉柔肠欲断，涕不可仰。故予有句云：日暮客愁集，烟深人语喧。皆所身历，非托诸空言也。"录自周作人的《柑酒听鹂笔记》。

那一年，戊戌变法，只 103 天而告失败。新旧党之争，袁世凯向荣禄告密，荣禄向那拉太后告密。那拉太后垂帘听政，废光绪帝，"六君子"遇难。

1899 年的写作是一片空白。

1900 年，他的古体诗《别诸弟》，我喜欢最后的四句：

从来一别又经年，

万里长风送客船。

我有一言应记取，

文章得失不由天。

在《莲蓬人》中，我背过了两句："扫除腻粉呈风骨，褪却红衣学淡妆。"

这一年当中，他写不了多少文字，年轻时代，也是原始积累的时代。

1901年，除了几首诗和《祭书神文》，还有什么？

1902年1月27日，他从矿路学堂毕业。同年3月，赴日本留学。6月8日，他在一张照片的上面写道："会稽山下之平民，日出国中之游子，弘文学院之制服，铃木真一之摄影，二十余龄之青年，四月中旬之吉日，走五千余里之邮筒，达星杓仲弟之英盼。兄树人顿首。"

比起前后几年，1903年是他写作和发表作品较多的一年。

他一边学习日语，一边从日语移译了雨果的随笔《哀尘》、培伦的科幻小说《月界旅行》，而值得一提的是他写的科普论文《中国地质略论》和《地质学残稿》，还创作了具有反叛思想的《斯巴达之魂》……那时可供他发表的是《浙江潮》月刊。

置身日本东京的感受，既有新鲜感，又有孤独感。心潮澎湃，壮怀激烈。他的七言绝句《自题小像》，可谓那时精神的一种写照：

灵台无计逃神矢，

风雨如磐暗故园。

寄意寒星荃不察，

我以我血荐轩辕。

每个人在年轻的时候，都有一颗诗心，激情与梦想，爱恋与憧憬，担荷与义务……"诗歌找出了人与事实的关系。"（史蒂文斯）

1904 年，他从东京弘文学院结业，入仙台医学专门学校，选择学医了。只看到他致蒋抑卮的信，"校中功课大忙，日不得息"。而课余翻译的《世界史》、《北极探险记》、《物理新诠》，均未发表，已佚失了。

1905 年，他的译文《造人术》在《女子世界》刊发。一年只留下这一篇短文而已。

1906 年 3 月，他从仙台退学回到东京，并在《浙江潮》

上发表了翻译作品《地底旅行》，写作完成了《中国矿产志》。同年，回国，奉母命与大他三岁的朱安女士结婚。这一名存实亡的婚姻，折磨了他几十年。爱情是他所不知道的。朱安又何尝不是爱情的殉葬品。还有看客的麻木，幻灯片对他的刺激，从此，他对文艺的兴趣更加深了。改变人的灵魂比医治人的肉体更重要。

1907 年，他译出了《红星佚史》中的 16 节诗，收入周作人译的小说《红星佚史》一书，同年由上海商务印书馆出版。所写的《人之历史》，刊发在《河南》12 月第 1 期上。

一个从事写作的人，有自己的阵地很重要，就像一个演员需要舞台一样。

《浙江潮》和《河南》月刊，为他搭起了平台。

1908 年，他的长篇诗论《摩罗诗力说》，随笔《科学史教篇》、《文化偏至论》、《破恶声论》，还有译文《裴彖飞诗论》在《河南》月刊上发表。约稿的编辑喜欢长的文章，他还能多得一点稿酬，何乐而不为呢！

除了译文，他后来将那几篇稿子收入论文集《坟》中了。

令他心神俱旺的诗人，让他情不自禁的诗人，使他奋笔疾书的诗人！

"求古源尽者将求方来之泉，将求新源。"（尼采）

古今求索，左右逢源，中外求同存异……

拜伦也罢，雪莱也罢，普希金也罢，都是兼有英雄情怀的诗人，为自由，为理想，为人性……开文化之曙色，"皆在使观听之人，为之兴感怡悦"。他又说："涵养人之神思，即文章之职与用也。"

从他对"魔鬼"诗人的好感，从他对反抗压迫之诗人的论述，也能从另一个侧面，了解他的个性："时既艰危，性复狷介，世不彼爱，而彼也不爱世，人不容彼，而彼亦不容人……"切肤之疼，"人生不可知，社会不可恃，则对天物之不伪，遂寄之无限之温情。一切人心，孰不如是"。

读一篇文章，不能离开当时的背景：1908 年，革命党人黄兴起兵，弹药不继，兵粮不足，溃入大山。那拉太后毒死光绪（载湉）后，亦卒。3 岁溥仪继帝位。时局动荡，内忧外患。而在美国，莱特兄弟发明了飞机。如此不同。他在沉痛中写道："今索诸中国，为精神界之战士者安在？有作至诚之声，致吾人于善美刚健者乎？有作温煦之声，援吾人出于荒寒者乎？家国荒矣，而赋最末哀歌……

诗性之文笔，理性之论断。

相信他的话："盖惟声发自心，朕归于我，而人始自有己；人各有己，而群之大觉近矣。"

　　1909 年，在他的一生当中，是很关键的一年。从此，他结束了七年之久的留日生活，8 月归国，在浙江两级师范学堂任生理和化学教员，编有生理学讲义《人生象斅》《生理实验术要略》。在这之前，他曾致力于搜集、译介外国文学作品，尤其关注俄罗斯以及东欧被压迫民族的小说，寻找同类者的声音。回国之前在日本出版的《域外小说集》，便是开先河之作。

　　他在《序言》中说："《域外小说集》为书，词致朴讷，不足方近世名人译本。特收录至审慎，译亦期弗失文情。异域文术新宗，自此始入华土。使有士卓特，不为常俗所囿，必将犁然有当于心。按邦国时期，籀读其心声，以相度神思之所在，则此虽大涛之微沤与，而性解思惟，实寓于此。中国译界，亦由是无迟莫之感矣。"

　　《域外小说集》收入了 16 篇小说，有 3 篇是他翻译的，其余由周作人翻译。不论是直译，还是移译，翻译的水平主要看母语的水平。

　　从 19 世纪到 20 世纪，没有哪个国家的文学能像俄罗斯文学那样，在世界上有那么重大的影响。从普希金到果戈里，从陀思妥耶夫斯基到列夫·托尔斯泰，除了读原著，再读有关传记和评论，也就不能不信了王尔德（1856—1900）的话："大作家的生活往往非常乏味；他们把精力都用在写书上了，一点也没有留给生活。小作家的生活却有趣得多。"

除了对俄罗斯文学的热爱，他的阅读兴趣中，还有德国的尼采和英国的拜伦。文学和哲学的书，他喜欢读。尼采的意志力，拜伦的浪漫情怀，在他的心里扎了根。

尼采在《快乐的科学》中说："对生命的信任已经消失，生命本身成了问题。但是，不要以为一个人因此成为忧郁者！对生命的爱依然可能，只不过用另一种方式爱。这就像爱一个使我们怀疑的女子……"尼采是矛盾的，一半是诗人，热烈到顶点；一半是哲人，冷酷到极点，而最终生发出永恒轮回的思想。

拜伦，这个把太阳和月亮当成了时钟的人，他爱过的女人都变成了天使，天使都长着飞翔的翅膀，翅膀上的羽毛，像鹅毛笔，可以拔下来写诗。他常常用奴隶这个词，而对于鲁迅来说，也是一生常用的词。生在清末，为异族统治，被外族入侵，封建的，殖民地半殖民地的背景。生存的现实与境遇，西方与东方，绝望与希望……

人在二十多岁的时候，如果对诗没有感觉，那么一生恐怕也就与诗无缘了。

他受《离骚》的影响很深，看他1909年笔述的《镫台守》之诗：

> 傍林皋而依绿野兮，
>
> 导神魂以翱翔也。

从1898年到1909年，这11年，在20卷的《鲁迅著译编年全集》中，只占了第一卷。

从17岁到28岁，生命的历程因文字的记录而保存了下来。一个人的起点，一个人最初的写作，能给予我们什么启示？

"人在悲哀中，才像个人。"孟德斯鸠的话。悲哀是深刻的终点，快乐是肤浅的过程，而快乐和悲哀是形影不离的。

一个人在年轻的时候，尤其在28岁以前，区别是不大的。聪明人有的是，有才华的人有的是，但笑到最后的人就少而又少了。

过渡时期的趣味
1910—1917

人生是有起伏的。只要相信有高潮，那么就会有低谷，还有中间的缓冲地带。

在一个过程连着另一个过程中，一个人经历过的事、接触过的人，有的被忘却了，有的铭记住了，这一切来自记忆的魅力。

记忆是有限的。当处在想记记不住、不想记却忘不了的时候，在复述与表达的时候，原本痛苦的事变成快乐了；原本快乐的事，又化为苦恼了。记忆以不同的形式捉弄人。

写作身不由己。有多少时光，在漫不经心中失去了。如果没有那些真实的文字，还能想起曾经的往事吗？

为自己的精神找到一种寄托。在看似被冷落的时候，在出现危机的时候，善待自己。

置身荒原中的孤寂，以什么样的方式，充实自己？

读书与写作，既是为了自己，也是为了他人。寻找知音的过程，就是发现另一半自己的过程。

被漠视是可悲的。当一个人的作品，既没有被认可，也没有否定的声音，那么，写与不写，殊途同归了。

遥想一百年前，那时的人，那时的事，那时的山川草木……

人的一生当中，一定存在着几个重要的年龄界限。28岁是一个分水岭，在这之前，时光是缓慢的，一切还来得及；在这之后，光阴似乎提速了，一切稍纵即逝。

在翻书的时候，这种感受尤其强烈。我在 2010 年读他写于 1910 年的文字，如在梦中。

那一年，他29岁。7月，他辞去浙江两级师范学堂教职，回到故乡。8月，在给许寿裳的一封信中说："所入甚微，不足自养……"，"北京风物如何？……他处可有容足者不？仆不愿居越中也，留以年杪为度。"9月，担任绍兴府中学堂生物学教员及监学。课余，在寂寞的时候，他着手搜索古籍，遍寻唐代以前小说佚文。他的《古小说钩沉》，在那时候便撒下种子了。一言可采，归魂故书。

他对地域文化感兴趣，人文地理，民风乡俗，开始整理汇编《会稽郡故书杂集》。后来借署周作人之名写了序：

"书中贤俊之名，言行之迹，风土之美，多有方志所遗，舍此更不可见。"

他与许寿裳情同手足。整个1910年，遗留下来的只有他给许写的三封信。11月，他说："凡事已往，可不必言；来日正长，希冀在是。……仆荒落殆尽，手不触书，惟搜采植物，不殊曩日，又翻类书，荟集古逸书数种，此非求学，以代醇酒妇人者也。欲言者似多，而欲写则又无有，故止于此，容后更谭。"12月，他又写道："今年时光已如水逝，可不更言及。……苟余情之洵芳，固无惧于憔悴也。"

一个人的1910年，从他的信中，不难看出他的心境：沉下心来，希望总还是有的。

只有生逢大的时代，才可能有大作为。

清末民初，风起云涌。

1911年2月，革命党汪兆铭（精卫）、黄复生于北京谋以炸药杀摄政王载沣，为巡警发现，逮汪、黄二人，处无期徒刑。3月，革命党黄兴于广州起兵攻总督衙门，军败，死72人，葬黄花岗，世称七十二烈士。刺杀、军变、起义、叛乱、议和、停战、独立……乱世出英雄，也出枭雄。10月，辛亥革命爆发，绍兴光复，他就任绍兴师范学校校长。

与许寿裳通了6封信，自抒衷肠，自发感慨。1月，"与子英共事，助之往往可气，舍之又复可怜，左右思惟，不知所可……越中理事难于杭州"。托其在北京找李贺诗集，除王琦注本外，别的版本。也向往与许一起聊天的日子。2月，"久不得消息，甚念甚念，假时希以书来"。惺惺相惜，心心相印。3月，"得手书如见故人，甚以为喜。……越中棘地不可居，倘得北行，意当较善乎？"人是离不开朋友的。为知者道，为知己言。4月，"倘一思将来，足以寒心……"读《恨赋》，而沉睡。活在一种无奈的境遇里，"然以饭故，不能立时绝去，思之所及，辄起叹喟"。7月，"京华人才多于鲫鱼，自不可入，仆颇欲在它处得一地位，虽远无害，有机会时，尚希代为图之"。既是一种心灵的交流方式，也是为了找到更理想的生存空间。在信中，他还提到了几本书——《比较文章史》、《人性论》、《小学答问》。

写作《辛亥游录》、文言短篇小说《怀旧》，辑录、校勘了唐代刘恂的博物古籍《岭表录异》。

在看似平淡中，度过了轰轰烈烈的一年。

三十，而立，而不立。

1912年1月1日，临时政府在南京成立。他应教育部长蔡元培之招，任教育部部员。在2月19日的《越铎日报》广告栏中，刊载了《周豫才告白》："仆已辞去山会师范学校校长……"赴南京任职，公余常往江南图书馆借阅古籍，校勘、辑录自己感兴趣的古籍。

5月，由天津转抵北京，住宣武门外南半截胡同绍兴会馆藤花馆，任教育部社会教育司第一科科长。"枯坐终日，极无聊赖。"从5月5日开始，一直到生命的结束，他的日记从没停止过。日记见证了一个人的交际行踪，也是流水账。

6月至7月，蔡元培两次辞职。查12日的日记，"闻临时教育会议竟删美育，此种豚犬，可怜可怜！"15日，部员为蔡元培开会送别，他没有去。19日晨，二弟来信，告诉他范爱农10日溺水而逝。"悲夫悲夫，君子无终，越之不幸也。"22日，他在忧伤中写出《哀范君三章》：

风雨飘摇日，余怀范爱农。

华颠萎寥落，白眼看鸡虫。

世味秋荼苦，人间直道穷。

奈何三月别，竟尔失畸躬！

海草国门碧，多年老异乡。

狐狸方去穴，桃偶已登场。

故里寒云恶，炎天凛夜长。

独沉清泠水，能否涤愁肠？

把酒论当世，先生小酒人。

大圜犹茗艼，微醉自沉沦。

此别成终古，从兹绝绪言。

故人云散尽，我亦等轻尘！

在给周作人的信里，他说："我于爱农之死，为之不怡累日，至今未能释然。"

夜饮，微醉，大饮……

12月26日，日记："积雪厚尺余，仍下不止。晨赴铁狮子胡同总统府同教育部员见袁总统，见毕述关于教育之意见可百余语，少顷出。向午雪霁，有日光。"

这一年，他有心记书账了，以古籍、画册为多。公余，阅读纂辑谢承《后汉书》，还有《长短经》、《拜经堂题跋》、《经典释文》、《史略》……

岁末年初，翻翻日记，校校书稿，时光飞逝，还在等待什么呢？

1913年延续着1912年的惯性。常与朋友一起逛琉璃厂书肆，抄古碑，临古帖，自绘明器略图。自觉不舒服，多饮故也。

写《儗播布美术意见书》，作谢承《后汉书》序，虞预《晋书》序，夜阅《说郛》发现与刻本大异，抄写《易林》……

6月，请假由津浦路回绍兴老家省亲。8月，乘"塘沽"船，先至青岛，转大连，再抵天津，海道返京。积习难改，本月翻译了日本上野阳一的《艺术玩赏之教育》。"故有闻必使口述，有见必使笔载。"

他爱不释手的书，有《嵇康集》。10月1日，夜抄《石屏集》。"写书时头眩手战，似神经有病矣，无日不处忧患中，可哀也。"

为《教育部编纂处月刊》译上野阳一《儿童之好奇心》、《社会教育与趣味》。"趣味则永久上进，断无回归。"

年复一年，正如叔本华所说的："人生来在痛苦和无聊之间像钟摆一样来回摆动。"

在许广平编写的《鲁迅年谱》中，1914年只有一句话：

"是年公余研究佛经。"

他关注的佛学书：《选佛谱》、《三教平心论》、《法句经》、《释迦如来应化事迹》、《阅藏知津》、《华严经合论》、《决疑论》、《维摩诘所说经注》、《宝藏论》、《思益梵天所问经》、《金刚经六译》、《金刚经心经略疏》、《金刚经智者疏》、《心经靖迈疏》、《八宗纲要》……

读经，让自己的心静下来。心静如水，宁静致远。人的功力，是长期修炼而来的。没有一定的功夫，没有达到火候，没有一定的悟性，一切都是虚妄的。一环扣一环，他之所以是他，与那时的潜心磨砺分不开。

我喜欢看作家写的序跋，尤其欣赏他的序跋。在我有限的阅读范围内，自觉没有谁能与他比肩。当我整理他1914年写的序跋时，也就理解了他之所以写好的一种缘由。

一年当中，他先后写了《云谷杂记》序、《志林》序、《范子计然》序、《魏子》序、《任子》序、《广林》序、《会稽典录》序、《会稽郡故事杂集》序、《会稽先贤传》序、《会稽后贤传记》序、《会稽先贤像传》序、《会稽土地记》序、贺循《会稽记》序、孔灵符《会稽记》序、夏侯曾先《会稽地志》序……量的积累，质的飞跃。

序，文字的高度概括与提炼，理解与深化。

他还写出了《生理实验术要略》，译了高岛平三郎的《儿童观念界之研究》。与陈师曾的来往，12月10日记："为作山水四小帧，又允为作花卉也。"

1915年，他公余的兴趣更侧重于搜集并研究金石拓本了。

我看他的日记，能看到一种景致。"午后雨雪，至夜积半寸。"预约的书，景宋本《陶渊明集》《坡门酬唱集》，还有《桃花扇》。与朋友的礼尚往来，日记里多次写到与陈师曾的互赠信物、书籍、画作。1月19日，他赠陈师曾《百喻经》一册。2月2日，午后陈师曾为作冬华四帧持来。2月17日，下午同陈师曾往访俞师，未遇。3月8日，午后同陈师曾、钱稻孙至益昌饭，汪书堂亦至。3月18日，上午赠陈师曾《建初摩厓》《永明造象》拓本各一分。4月6日，他赠陈师曾的弟弟陈寅恪《域外小说集》第一、第二本，及《炭画》。8日，托陈师曾写《会稽郡故书杂集》书衣一叶。他常和陈师曾一起逛小市，买旧书，寻残本。6月14日，陈师曾送给他小铜印一枚，文曰"周"。是有缘分的。8月7日，陈师曾为他代买了三方寿山印章。11日，为周作人刻名印，放专文，酬二元。14日他又托陈师曾购印三块。9月8日，刻收藏印成，"会稽周氏收藏"。29日，刻名印成。10月27日，陈师曾赠"后子孙吉"专拓本二枚。11月16日，陈师曾找他看汉画像拓本。12月7日，午后由陈师曾持去《往生碑》拓本一枚与梁君。

一年到头，频繁与陈师曾往来，趣味相近，志同道合。一个人有什么样的朋友，决定了他的品位。

他还写了《射阳聚石门画像》、《嘉祥村画像》、《嘉祥孙家庄画像》、《肥城孝山堂新出画像》四篇说明，写了《百喻经》校后记、《大云寺弥勒重阁碑》校记。

漫长而又短暂的一年。

我花一个时辰，阅读了他1916年的日记。他的日记越写越短了。

晴。微雪。夜风。昙。晴，风。大风。小雨即晴。夜雨。晚雷。雨，无事。

在记忆中不断重现的词，一个人寂寞的生活。值得记忆的东西太少了。

那时候，蔡元培是他敬重的良友，许寿裳是他情感上的挚友，陈师曾是他艺术上的同伴，都是他所信赖的人。

投之以桃，报之以李。他赠陈师曾《唐邕写经碑》拓本一，陈师曾送他印一枚"周树所藏"。以其爱好相近也。

6月28日，"晴，风。袁项城出殡，停止办事。午后往留黎厂。夜雷雨"。袁项城即袁世凯，倒行逆施，卖国复辟，做了83天"洪宪皇帝"梦，走了。

轻描淡写，晴，无事。

9月19日，"陈师曾赠古专拓片一束18枚"。11月30日，陈师曾送印章一方，文曰"俟堂"。

周作人后来写了《俟堂与陈师曾》："鲁迅那时自号俟堂，本来也就是古人的待死堂的意思，或者要引经传，说出于'君子居易以俟命'亦无不可，实在却没有那样的曲折，只是说'我等着，任凭什么都请来吧……'。"

1916年12月，他先至上海，转至沪杭车驿乘车，抵南星驿后，回到绍兴。在写给许寿裳的信中，提到了蔡元培先生。如果说，一个人在关键的年龄遇到一个关键性的人，他的命运将由此改变，那么蔡元培对他就是一个关键性的人了。

1917年1月初，他从绍兴返回北京。

新的一年开始了，也未有什么新的迹象。是年，他仍在研究搜罗拓本，间或与蔡元培通信。

1月26日，上午赴京师图书馆开馆式。陈师曾赠自作画一枚。至此，他已收藏了陈师曾的9幅画作了。4月10日，赠给陈师曾《三老碑》一枚。不时地与二弟周作人、三弟周建人通信。

日子在平淡中过去了。

7月初，张勋的"辫子军"作乱，簇拥逊帝溥仪复辟，仅13天即被段祺瑞所败。乱平，他即返回部里。

11月30日，他的《欧美名家短篇小说丛刊》评语，发表在《教育公报》上，他说："得此一书，俾读者知所谓哀情惨情之外，尚有更纯洁之作，则固亦昏夜之微光，鸡群之鸣鹤矣。"

年末还写了《会稽禹庙窆石考》、《口肱墓志》考、《徐法智墓志》考、《郑季宣残碑》考。

置身荒原的呐喊
1918

人生当中有关键性的年份。1918 年，对他至关重要。

他从这一年的 4 月开始文学创作以后，源源不断，一发而不可收了。

中国新文化运动的第一篇白话小说《狂人日记》，在 5 月 15 日的《新青年》上刊出，从此，一个让人爱，让人恨，使人奋进，使人沉寂，给人鼓舞、信心和希望，又被所谓"正人君子"亵渎、围剿的名字——鲁迅，诞生了。

"每一件事都有截然不同的意义；从事任何一件事情都像是一种冒险。"（鲁宾斯坦，1887—1982）

在新旧交替的时代，旧势力的强大，新思潮的微弱。如同置身于荒原中，他率先发出了呐喊：救救孩子！

救孩子即救世界。

文学革命、思想革命的急先锋。他抨击了家族制度与礼教之弊端，剖析国民性之劣根与人性之弱点，直面与无法直面的冷酷现实，这一切还要从拷问自我的灵魂开始。没有谁是局外人。

法国诗人瓦雷里（1871—1945）说："世界只有通过极端才有价值，只有通过中庸才能持久。"极端意味着事物顺着某个发展方向达到的顶点，是人类进化的动力。而中庸则是一种平衡之道，待人接物不偏不倚、调和折中的态度。

深刻的人生也是矛盾的人生。在高处，哀其不幸；在低处，怨其不争。他那自以为苦的寂寞。可爱者，不可信；可信者，又不可爱；生命中的悖论。孤独的思想者，未来的战士。

朋友是另一个自己。看他写给许寿裳的信，就想到那段话："朋友是自己为自己找的亲人，亲人是父母送给我们的朋友。"当我们成年的时候，朋友的作用有时大于亲人。

仅 1918 年就有他写给许寿裳的 5 封信，而且，多肺腑之言，多体贴之语。1 月 4 日，他写道："一别忽已过年，当枯坐牙门中时，怀想弥苦。……来论谓当灌输诚爱二字，甚当；……吾辈诊同胞病颇得七八，而治之有二难焉：未知下药，一也；牙关紧闭，二也。"读其信，如见其人。
3月10日的信，有不满，有牢骚，也有无奈。5月29日，
他谈到"近事多而且怪，怪而且奇，然又毫无足迹，述亦
难尽，即述尽之乃又无谓之至，如人为虱子所叮，虽亦是
一件事，亦不舒服，却又无可叙述明之……"6月19日，
他得知许夫人去世的消息，去信抚慰："夫节哀释念，固
莫如定命之谭，而仆则仍以为不过偶然之会，吊慰悉属肤
辞，故不欲以陈言相闻。度在明达，当早识聚离生死之故，
不俟解于人言也。"8月20日，他写道："人有恒言：妇
人弱也，而为母则强，此意久不语人，知君能解此意，故
敢言之矣。……前曾言中国根柢全在道教，此说近颇广行。
以此读史，有多种问题可以迎刃而解。后以偶阅《通鉴》，
乃悟中国人尚是食人民族，因此成篇。此种发见，关系亦
甚大，而知者尚寥寥也。"

他与许寿裳，可谓无话不说的朋友。恰如英国哲学家
培根（1561—1626）所说："如果你把快乐告诉一个朋友，
你将得到两个快乐；而如果你把忧愁向一个朋友倾吐，你
将被分掉一半忧愁。"

《狂人日记》的价值和意义，已超出了作品本身，而

成为一个时代的象征性符号。

赫拉克利特说："初始之光最亮。"

1918年4月2日，因为《新青年》编辑钱玄同的劝告，他创作《狂人日记》，像写论文一样写小说。

直接的刺激，是在两年前，他大姨母的儿子，也就是表弟阮久荪，突发精神病，那发愣的眼神，那语无伦次，那"迫害狂"的症状，都是他所熟悉的。他不仅从医学的角度观察，更从文化的深度去剖析生病的原因。天才与疯子，有时只有一念之差。"当初虽然不知道，现在明白，难见真的人！"笑也不像笑，哭也不像哭，在假中看到真还好，却是在真中看出假；在礼教中看到无礼，在仁义里看到凶相。狂人的精神分裂了。狂人的寓意大于纪实性。他同时也呐喊出自己的心声："你们可以改了，从真心改起！要晓得将来容不得吃人的人，活在世上。"

文章好看、耐读，不仅有诗意的开头、丰沛充实的内涵，还有一个光明的尾巴。

在冷漠的背后是热情，在怀疑的背面是信念，在失望过后，是希望。

即使没有什么用，还是要做；即使没有什么意思，还是要写；即使这大声的呐喊，只惊起了较为清醒的几个人，也就看到先行者的希望："却是不能抹杀的，因为希望是在于将来……"

　　每个作家，在他的年轻时代，大概很少有谁没有写过诗。诗是爱情的一种表达方式，是一种情感的梳理，是一种愿望的达成。

　　梦是好的。他在年轻时做过许多梦，做一个像拜伦，像普希金，像裴多菲那样的"撒旦"诗人，又何尝不是一个梦……

　　就在《狂人日记》刊出的那期《新青年》上，他以笔名唐俟，发表了白话诗《梦》：

很多的梦，趁黄昏起哄。

前梦才挤却大前梦时，

后梦又赶走了前梦。

去的前梦黑如墨，

在后的梦墨一般黑；

去的在的仿佛都说，

"看我真好颜色。"

颜色许好，暗里不知；

而且不知道，说话的是谁？

暗里不知，身热头痛。

你来你来，明白的梦！

人是不能没有梦的，梦也是希望的寄托，是自我陶醉，自我慰藉的一种形式。诗离不开的是梦和爱，期待和憧憬，燃烧与释放。

在7月15日，他在《新青年》上发表了《他们的花园》。他说："他们大花园里，有许多好花。"而自己呢？有没有花园，有没有一朵好花？

他是理性的，在诗中就像在小说中一样，有哲理在，有政论在，有理想在。他的《人与时》：

一人说，将来胜过现在。

一人说，现在远不及从前。

一人说，什么？

知道，你们都侮辱我的现在。

从前好的，自己回去。

将来好的，跟我前去。

这说什么的，

我不和你说什么。

人与人的差距，灵魂是不相通的。隔阂，价值观不同，世界观不同，自说自的，听也听不进去，看也看不进去，还要说什么呢！

寂寞是必然的。

这让我想起瑞典当代诗人拉斯·努列的短诗《这条路也许》：

> 这条路也许
>
> 不通向任何地方
>
> 但有人从那边来

信心、勇气，在绝望中仍然有希望在。走吧，那边即使没有人过来，也要坚持到底。

要了解他1918年的内心世界，不能不读他写于7月的论文《我之节烈观》，那时，他的观点就是——"同情弱者，同情女子，同情穷人"。

苦在心里，愤在笔端。

有几句话，是不断有人说的，"世道浇漓，人心日下……"鼓吹、旁观、赏玩、叹息，在他却是，"人类眼前，早已现出曙光"。

节烈是好的，却不可有双重的标准，对弱者一套，对强者一套。

"一问节烈是否道德？道德这事，必须普遍，人人应做，人人能行，又于自他两利，才有存在的价值。""二问多妻主义的男子，有无表彰节烈的资格？""只有自己不顾别人的民情，又是女应守节男子却可多妻的社会，造出如此畸形道德，而且日见精密苛酷，本也毫不足怪。但主张的是男子，上当的是女子。女子本身，何以毫无异言呢？原来'妇者服也'，理应服事于人。"

他深谙女人在那个时代的不幸。他说："假使女子生计已能独立，社会也知道互助，一人还可勉强生存。不幸中国情形，却正相反，所以有钱尚可，贫人便只能饿死。"

再读他后来的小说《祝福》，祥林嫂是更形象化了；他的讲演《娜拉出走以后》，怎么办？一脉相传的价值观。

他呼吁女性人格的独立，经济上的独立，思想解放了，才有可能过一种美好的生活。

他说："女子自己愿意节烈吗？答道，不愿。人类总有一种理想，一种希望。虽然高下不同，必须有个意义。自他两利固好，至少也得有益本身。节烈很难很苦，既不利人，又不利己。说是本人愿意，实在不合人情。"

文章的尾声，情真意切，慷慨激昂，痛快淋漓：

> 我们追悼了过去的人，还要发愿：要自己和别人，都纯洁聪明勇猛向上。要除去虚伪的脸谱。要除去世上害人害己的昏迷和强暴。
>
> 我们追悼了过去的人，还要发愿：要除去于人生毫无意义的苦痛。要除去制造并赏玩别人苦痛的昏迷和强暴。
>
> 我们还要发愿：要人类都受正当的幸福。

读他的《随感录》，是能有益思维，开发智力的，也可以补思想上的钙。

仅1918年，他就在《新青年》上发表了6篇《随感录》。我想，最初喜欢他的文章，大概就是由《随感录》起步的。

他敏锐地看到，"穷人的孩子蓬头垢面的在街上转，阔人的孩子妖形妖势娇声娇气的在家里转。转得大了，都昏天黑地的在社会上转，同他们的父亲一样，或者还不如"。

需要的是"人"之父，"人"之子！

他是讲科学的。"科学能教道理明白，能教人思路清楚……"

随感录，随便什么都可以论，"要我们保存国粹，也须国粹能保存我们"。往后是倒退，向前是趋势。

他也有恐惧，"想在现今的世界上，协同生长，挣一地位，即须有相当的进步的知识，道德，品格，思想，才能够站得住脚：这事极须劳力费心"。

他那时便意识到了，"中国人向来有点自大。——只可惜没有'个人的自大'，都是'合群的爱国的自大'。这便是文化竞争失败之后，不能再见振拔改进的原因。"他的理解，"'个人的自大'，就是独异，是对庸众宣战"。而"'合群的自大'，'爱国'的自大，是党同伐异，是对少数的天才宣战……"人需要独立思考的能力，一旦陷入一种"集体无意识"中，结局是可悲悯的。

作家与编辑的关系是互动的。作家也是有惰性的，如果没有编辑的催稿，有的作品能不能出世就很难说了。编辑分两种：有主动的编辑，敬业，点子多，积极去约稿、组稿；有被动的编辑，等稿，无所谓。前者是好编辑，能发现好作品。

那时，他的小说、诗、杂感的发表，不能忽略了编辑钱玄同。1918 年 7 月，他致钱玄同的信，嬉笑怒骂，有共同语言。10 月 4 日，写作《渡河与引路》，也是给钱玄同的公开信，他说："一是觉得历来所走的路，万分危险，而且将到尽头；于是凭着良心，切实寻觅，看见另一条平坦有希望的路，便大叫一声说，'这边走好。'希望同感的人，因此转身，脱了危险，容易进步。假如有人偏向别处走，再劝一番，固无不可；但若仍旧不信，便不必拼命去拉，各走自己的路。"

他对钱玄同是有过好感的。在后来的《两地书》中变得反感了，"胖滑有加，唠叨如故，时光可惜，默不与谈"。而在《鲁迅自传》里，还是把钱玄同当朋友的。

钱玄同后来在《我对周豫才君之追忆与略评》中说，鲁迅的长处有二点："（一）、他治学最为谨严，无论校勘古书或翻译外籍，都以求真为职志……，这种精神，极可钦佩，青年们是应该效法他的。（二）、他读史与观世，有极犀利的眼光，能抉发中国社会的痼疾……，这种文章，如良医开脉案，作对症发药之根据，于改革社会是有极大用处的。"短处有三点："（一）、多疑。""（二）、轻信。""（三）、是迁怒。"人和人之间，阅历不同，性情各异，看待事物的态度，自然也就有差异了。"诚实地经得住漫长一生考验的友谊不多。朋友并不同等地进步；一个成熟得快，另一个成熟得慢。一个变得虔诚，另一个

则不是。"（卢卡斯，1868—1938）

　　这一年，他与钱玄同、刘半农、陈师曾……还是多有往来。从他的日记中能看出，他与陈师曾走动是近的。借书、赠印本纸、碑帖，他在 5 月 13 日记道："上午师曾交朱氏所卖专拓片来，凡六十枚，云皆王树枏所藏，拓甚恶，无一可取者。"他的眼光是准的。

　　时光在琐碎与寂寞中，渐渐流逝了。他与徐悲鸿在 12 月 22 日，应刘半农的邀请，曾一起在东安市场中兴茶楼饮茶。

　　随后，他在《每周评论》上，谈到美术："这么大的中国，这么多的人民，又在这个时候，却只看见这一点美术的萌芽，真可谓寂寥之至了。但开美花的，不必定是块根。我希望从此能够引出许多创造的天才，结得极好的果实。"

　　生活是大同小异的。衣食住行，柴米油盐，如果说有什么差别，那就是有的人在不断地给予，精神的食粮化为了物质的财富；有的人只是索取，甚而是掠夺。

　　除了文字中记载的 1918 年，还有想象的时空，沉默的归于沉默，呐喊的归于呐喊……

克罗齐有一句名言："一切历史都是当代史。"他1918 年的写作，给我们留下多少思考?

背负着因袭的重担
1919

"英雄在熟人中很难是英雄。"谁不了解谁？他所有的，你也有，甚而比他还好。

距离不仅产生美，也产生客观的评价。没有了利害冲突，没有了喧哗与虚荣，人回归于自身，你是谁，你给别人留下了什么，生命的意义何在？

人的思想会过时，也不会过时。我们今天写的文章，明天可能就没有人读了。而他在上个世纪初写的文章，现在读来，还有现实的意义。有的人和事在变，有的还是老样子。

世界周而复始，让一雅克·卢梭（1712——1778）说："我们之所以爱一个人，是由于我们认为那个人具有我们尊重的品质。"也不仅仅是人，文章同样是有品质区别的。因为天灾人祸的原因，许多有着优秀品质的文章，没能流传下来，但流传下来的，多半有优秀的品质。

看他的文章，目的无非是学习他身上的长处，看他思想中的闪光点，以及感人至深的情怀。我们缺少什么，就寻找什么，补充什么。一位伟大的作家的一生就是一部厚重的教科书，只有用心去读，在自觉不自觉中，我们的命运也将由此发生变化。

从近处看，一个人的力量是弱小的，似乎微不足道；从远处看，他的能量又是巨大的："自己背着因袭的重担，肩住了黑暗的闸门，放他们到宽阔光明的地方去……"

1919 年的五四运动，他不是直接的参与者，但他的文章，尤其是随感录，对青年人的影响，功不可没。

在 1 月 15 日的《新青年》上，他刊发了《随感录四十一》，他写道：

"愿中国青年都摆脱冷气，只是向上走，不必听自暴自弃者流的话。能做事的做事，能发声的发声。有一分热，发一分光。就令萤火一般，也可以在黑暗里发一点光，不必等候炬火。

"此后如竟没有炬火：我便是唯一的光。倘若有了炬火，出了太阳，我们自然心悦诚服的消失，不但毫无不平，而且还要随喜赞美这炬火或太阳；因为他照了人类，连我都在内。

"我又愿中国青年都只是向上走，不必理会这冷笑和暗箭。"

然后，他引尼采《札拉图如是说》中的话："真的，人是一个浊流。应该是海了，能容这浊流使他干净。""咄，我教你们超人：这便是海，在他这里，能容下你们的大侮蔑。"

他是信进化论的。在2月15日，他写道："凡有高等动物，倘没有遇着意外的变故，总是从幼到壮，从壮到老，从老到死。"自然规律。物竞天择，适者生存。

"进化论的途中总须新陈代谢。"

他说："老的让开道，催促着，奖励着，让他们走去。路上有深渊，便用那个死填平了，让他们走去。

"少的感谢他们填了深渊，给自己走去；老的也感谢他们从我填平的深渊上走去。——远了远了。"

他信奉进步的思想，热爱进步的人生。

我曾反复读《孔乙己》这篇小说，隐约读出了许多个人的影子，有他，有范爱农，有陌生人，还有自己……人性中的弱点，感同身受，人生悲悯。一篇杰出的小说，就是一个时代的镜子，不同的人从不同的角度，都能照一照自己。在同类的不幸中，有何胜利可言！

孔乙己到底是个什么样的人，为什么会有那么多人喜欢或反感？写小说的目的和初衷何在？

以现在的话说，他既不是白领，也不是蓝领。他站着喝酒，穿长衫："总是满口之乎者也，叫人半懂不懂的。"好喝懒做，不善营生。既不是什么知识分子，也不是普通的劳动者，两边不着一边，是无助的牺牲品。

"孔乙己是这样的使人快活，可是没有他，别人也便这么过。"

"我到现在终于没有见——大约孔乙己的确死了。"

没有。如果留心，就会发现，孔乙己还活着。

小说发表在 1919 年 4 月 14 日的《新青年》上，文末写着 3 月。他在《孔乙己》附记中说："这一篇很拙的小说，还是去年冬天做成的。那时的意思，单在描写社会上的或一种生活，请读者看看，并没有别的深意。但用活字排印了发表，却已在这时候，——便是忽然有人用了小说盛行人身攻击的时候。大抵著者走入暗路，每每能引读者的思想跟他堕落：以为小说是一种泼秽水的器具，里面糟蹋的是谁。这实在是一件极可叹可怜的事。所以我在此声明，免得发生猜度，害了读者的人格。"

以文字去做人身攻击、含沙射影的事，是卑鄙的。他写以上的文字，有所指。在 1919 年 2 月 17 日至 18 日，林琴南在上海的《新申报》上发表小说《荆生》，三个反面人物，田其美喻陈独秀，金心异即钱玄同，狄莫指胡适，被"伟丈夫"荆生痛打的故事。是有些无聊了。不懂小说的人，也会猜想孔乙己是专指某个人了。

孙伏园曾问鲁迅，在他所做的短篇小说中，最喜欢哪一篇？他说是《孔乙己》，而且，他还将其译成日文，发表在日本的报刊上。（《鲁迅先生二三事》孙伏园）

有话则长，无话则短。致许寿裳，致钱玄同，致周作人，还有对《新潮》一部分的意见。很愿读他写的信。字如其人，信如其人。

从致许寿裳的信中看出，他对大学生"暮气甚深"的不满，也谈到自己："仆年来仍事嬉游，一无善状，但思想似稍变迁。明年，在绍之屋为族人所迫，必须卖去，便拟挈眷居于北京，不复有越人安越之想。而近来与绍兴之感情亦日恶，殊不自至（知）其何故也。"就在这十几天之前，陈师曾还曾经专为他刻一印，文曰"会稽周氏"。

写给钱玄同的信，就事论事，对《新潮》上登的《推霞》小序，"不禁不敬之情，油然而生，勃然而长"。

在致周作人的信里，他流露出一种无奈："家事殊无善法，房子亦未有，且俟汝到京再议。"那时周作人还远在日本东京。

对《新潮》杂志，他在写给编辑孟真的信中，直言不讳地说：

"《新潮》里的诗写景叙事的多，抒情的少，所以有点单调。此后能多有几样作风很不同的诗就好了。翻译外国的诗歌也是一种要事，可惜这事很不容易。

"《狂人日记》很幼稚，而且太逼促，照艺术上说，是不应该的。来信说好，大约是夜间飞禽都归巢睡觉，所以常见蝙蝠能干了。我自己知道实在不是作家，现在的乱嚷，是闹出几个新的创作家来，——我想中国总该有天才，被社会挤倒在底下，——破破中国的寂寞。"

人的写作，有时能超越自己的经验之上。1919年10月，他写的《我们现在怎样做父亲》，就在情理之中。而他在1929年9月27日，才做了父亲。

他思考的是父与子，老与少，人与人的关系。"譬如早晨听到乌鸦叫，少年毫不介意，迷信的老人，却总须颓唐半天……，没有法，便只能先从觉醒的人开手，各自解放了自己的孩子。自己背着因袭的重担，肩住了黑暗的闸门，放他们到宽阔光明的地方去；此后幸福的度日，合理的做人。"

要理解他的思想境界，不能不认真地阅读这篇文章，也不能不记住其中的话。

推心置腹，将心比心。

他习惯从自身说起，拿自己说事。他说："我辈评论事情，总须先评论了自己，不要冒充，才能像一篇说话，对得起自己和别人。我自己知道，不特并非创作者，并且也不是真理的发现者。凡有所说所写，只是就平日见闻的事理里面，取了一点心以为然的道理；至于终极究竟的事，却不能知。"

进步这个词，是他喜欢用的，还有变迁。

从生物界的现象，他悟出了三点："一，要保住生命；二，要延续这生命；三，要发展这生命（就是进化）。"

他意识到了，"本位应在幼者，却反在长者；置重应在将来，却反在过去"。前者做了更前者的牺牲，自己却无力生存，却苛责后者又来专做他的牺牲，毁灭了一切发展本身的能力。

他说："开宗第一，便是理解。第二，便是指导。第三，便是解放。"希望下一代比上一代过得好，就是进化。

梦是好的。"梦是愿望的达成。"最接近诗歌的是青年时代的梦，既然未知，便寄托了一种遐想。

我们都有过梦，有的破灭了，有的还在蛊惑着我们。梦醒时分，或若有所失，或若有所得……多半的梦却忘却了。

除了对自己的梦感兴趣，也不能不去关心别人的梦。梦中有梦，梦能预兆什么吗？平常的梦多，奇异的梦少；敏感的人爱做梦，麻木的人是很少有梦的。而好的梦是能感动人的。

1919 年 8 月 2 日，他写《〈一个青年的梦〉译者序》。当孙伏园对他说，"可以做点东西"。他说："文章是做不出了，《一个青年的梦》却很可以翻译。"人的才华是多方面的，不重复或少重复自我的方法，就是写作的形式不能太单一了。能写诗时写诗，愿写小说时写小说，想写论文时写论文，还可以写杂感和传记，懂外文的搞点翻译。条条大道通罗马，也通向人的内心世界。

他引武者小路氏《新村杂感》里的话："家里有火的人呵，不要将火在隐僻处搁着，放在我们能见的地方，并且通知说，这里也有你们的兄弟。"

11月24日，他又写了《译者序二》，面对世态炎凉，人情冷漠。他感喟道："中国人自己诚然不善于战争，却并没有诅咒战争；自己诚然不愿出战，却并未同情于不愿出战的他人；虽然想到自己，却并没有想到他人的自己。"

以自己的梦感动他人的梦，以自己的火点燃他人的火，以自己的光和热，照亮和温暖他人。而己所不欲，勿施于人。

什么是美文？美文是多种多样的，是丰富多彩的，是言有尽而意无穷的。熟读深思他的书，也能领悟出什么是美文了。

起、承、转、合，不仅仅用于写诗。在经典的美文里，也能找到那种文脉，还有弥漫着的那种美的气息。

从8月19日到9月9日，他断断续续地写了7篇《自言自语》，介于散文和诗之间，可称之为散文诗了。

"他却时常闭着眼，自己说些什么。仔细听听，虽然昏话多，偶然之间，却也有几句略有意思的段落的。"

还有《火的冰》、《古城》、《螃蟹》、《波儿》……

"以后的事，我可不知道了。"

当花的种子已埋入土里，"便是终于不出，世上也不会没有蔷薇花"。

在散文《我的父亲》中，他说："我现在想，大安静、大沉寂的死，应该听他慢慢到来。谁敢乱嚷，是大过失。"又说："我现在告知我的孩子，倘我闭了眼睛，万不要在我的耳朵边叫了。"

文眼，在他的文章中，是不难找到的。《我的兄弟》，是"原谅"这个词，有形的，无形的；记住的，忘却的；真的，假的。使我们思考，也使我们联想起自己的往事。

在日常的生活中，往往是一些看似微不足道的小事，感动了我们。

他于 1919 年 7 月写的《一件小事》，在夏天讲冬天里的故事。三个角色："我"、车夫、女人。"我"是雇车的，因生计的关系，赶路。车夫是拉人力车的，在路上，遇到了花白头发、衣服破烂，"碰瓷"的女人。三个人的态度："我"是自私的，只想自己的事；车夫是有爱心的，穷人同情穷人，弱者帮助弱者；女人明显是找事的。不问动机，只看过程。车夫扶着她走了。

"我"的觉醒与转变："突然感到一种异样的感觉，

觉得他满身灰尘的背影，刹那高大了，而且愈走愈大，须仰视才见。"也显出"我""皮袍下面藏着的'小'来"。

他在结局写道："几年来的文治武力，在我早如幼小时候所读过的'子曰诗云'一般，背不上半句了。独有这一件小事，却总是浮在我眼前，有时反更分明，教我惭愧，催我自新，并且增长我的勇气和希望。"

希望在底层，在善良的平民中，在朴素的穷人身上。穷人是占大多数的。

往哪里去？

《一件小事》是中国现代文学史上最早的"自我小说"。"我"也代表了知识阶层的一种转化，关注弱势群体，唤醒劳苦大众，只能自己救自己。

1919 年的书账，比起上年，有所减少了。他仍搜罗研究古籍抄本。

8 月，买北京共用库八道湾产成，11 月修缮，与二弟周作人一起搬迁入住。

12 月请了假期，经津浦路归省，奉母偕三弟周建人来京。

他身为长子，一个人闯出了一条路。孝敬母亲，抚养朱安，又将两个弟弟带出来了。

只知道往前走，向有光明的地方去，他自己瘦弱的肩上背负着的东西，也只有他自己最清楚。他自己的生活是节俭的。失去父亲的家庭，长子承担起了父亲的责任和义务。想起《我们现在怎样做父亲》，又有了深一层的理解。

他说的那一段话，是值得一读再读的。还有创作于1919年4月的小说《药》，6月的小说《明天》，前者开出的方子，拯救了谁？后者，在寂静里奔波的暗夜，如何变成明天了？

一切是有寓意的。

为他是桥梁不是目的
1920

　　我想努力找到他 1920 年的闪光点，他阅读与写作的轨迹，有时似乎找到了一条脉络，有时在不经意中，又失去了路标，找不到最初的感觉了。

　　我一天一天地看他的日记。他不在日记中抒写感情，发议论，只是自己的流水账。常常只写几个字，几十个字，和谁，到了哪里，买了什么，收到什么，送过什么。他是用减法生活的。

　　看他公开了的书信，写给谁的，友情的远近，编采的往来，家事的叙说……

　　而在这一年当中，原创的数量比 1919 年是减少了，翻译占了多数。

　　1918 年底，他从绍兴返回北京，一大家人，需要慢慢地磨合，还有许多事没有理顺。写作是需要一种氛围的，同样的内容，在不同的时间和背景下，写出来的东西，也是不一样的。而翻译作品似乎就没有那么复杂了。

人有两种渴望：向上的，仰望星空，精神上的满足；向下的，扎根大地，世俗中的快乐。还有一种说法：此岸与彼岸的境遇。

当没有什么值得写的时候，他更侧重于译介了。

写作的过程，就是发现的过程，接受、忍受、享受……犹如从黑暗走向黎明。

1月1日，《新青年》刊发他译日本作家武者小路实笃的《〈一个青年的梦〉自序》。忧患意识，恐惧造物。

"我要用这著作说些什么，大约看了就明白了。"又说："我也知道说了也无用，但不说尤为遗憾。"

还说："对于人类的命运的忧虑，并非僭越的忧虑，实在是人人应该抱着的忧虑。我希望从这忧虑上，生出新的这世界的秩序来。"

一二十年后的社会现实，验证了作家的预言。

你是谁？

青年是谁？鬼魂是谁？不识者是谁？美的女人的魂是谁？卖面包的人是谁？乞丐是谁？画家是谁？恶魔是谁？

寒大、奥大、俄大、德大、英大、法大、比大、日大……代表了谁？平和女神，世界将向何处去？

"你小心紧闭着的心的门，隐隐的有欢喜的使者来访了。给他开门吧，开一点，谨慎着。"女人的声音是美的。

反战的声音是弱的。战争、战场、战事……自己的孩子是孩子，别人的孩子也是孩子。

画家说："失了孩子的人们，不知道有多少，对这样的人们表同情罢了。无论怎么伤心，我总要做自己的事……在看画的人心里活着，使看画的人活着，所以将这画送给人类的。送给寂寞的人的心，以及对于生存怀着不安的人们，对于生存怀着欢喜的人们的。"

在舞台上演，只是戏剧而已；当在现实中上演的时候，悲惨的幕布也就拉开了。

这便是那个时代的真实记录，原作者说："我自己不很知道这著作的价值；但别人的非难是能够答复，或守沉默的；我想不久总会明白。我的精神，我的真诚，是从里面出来，绝不是涂上去的。并且这真诚，大约在人心中，能够意外的得到知己。"

你有过失而复得的那种感觉吗？像孩提时代丢失了家

门的钥匙，又找到了；像青年时代失去的爱情，又重温了；像穷人遗失的财物，又归还了；还有，就像一个作家多年前出的一本书，在被冷落了十多年以后，又要再版了。

特别能理解他在 1920 年 3 月 20 日，借署周作人的名字，写的《域外小说集序》，那种悲欣交集的心情。

"我们在日本留学时候，有一种茫漠的希望：以为文艺是可以转移性情，改造社会的。因为这意见，便自然而然地想到介绍外国新文学这一件事。但做这事业，一要学问，二要同志，三要工夫，四要资本，五要读者。第五样逆料不得，上四样在我们却几乎全无：于是又自然而然的只能小本经营，姑且尝试，这结果便是译印《域外小说集》。"

一次失败的尝试，却也意味着成功的开始。

那是 1909 年，从 2 月到 6 月，他们先后印了第一、第二册，在上海和东京寄售。结果是第一册卖了 21 本，第二册卖了 20 本。多卖的第一册是被友人买去了。后来寄存的书也化为灰烬。"我们这过去的梦幻似的无用的劳力，在中国也就完全消失了。"

有意义的书，总还是有机会再版的。

他感慨道："同是人类，本来决不至于不能互相了解；但时代国土习惯成见，都能够遮蔽人的心思，所以往往不能镜一般明，照见别人的心了。幸而现在不是那时候，这一节，大约也不必虑的。"

时代在缓慢地进步，读者的眼界也慢慢打开。他说："倘使这《域外小说集》不因为我的译文，却因为他本来的实质，能使读者得到一点东西，我就自己觉得是极大的幸福了。"

写小说时，写到妙处，跌宕起伏，平中见奇，神来之笔，一定会笑的，笑可笑之人，笑可笑之事，笑运用自如的文字，真是妙不可言。

这是重读他的小说《风波》后的感言。

他的调侃、反讽、冷幽默，在荒诞中折射出深刻，在轻松中寓示着沉重，在看似漫不经心中表达出小说家用心的良苦，是 20 世纪 20 年代中国乡村的风俗画卷，也是《阿Q正传》的前奏。

人性的相关又不相关，人的守旧又不守旧，"僧不僧道不道"，人的有趣与无聊，人的热情与冷淡。

"一代不如一代。"

在一篇只有五六千字的短篇小说中，他叫九斤老太在不同的时候重复了八次，但读出的是小说的味道，而不感到重复。

似乎什么都是以前的好……

"倘若赵子龙在世，天下便不会乱到这地步了。"方圆 30 里以内的唯一的出色人物兼学问家赵七爷的话。"皇帝坐龙庭。""你可知道，这回保驾的是张大帅，张大帅就是燕人张翼德的后代，他一支丈八蛇矛，就有了万夫不当之勇，谁能抵挡他！"听其声音，如见其人。张冠李戴，煞有介事。张大帅张勋成了张飞的后人，"你能抵挡他么？"

以荒谬为真，以书上写的为准，以有人说的为信……

谁没有真正了解中国的农民，谁就理不清中国的事情。谁的身上没有农民气？农民问题是至关重要的问题。作家如果不懂农民，那么他的小说是写不好的。小题大做或大题小做的"风波"，在笑嘻嘻的招呼声中，黯然平息了。

在那时，除了母语之外，日语是他认识外面世界的中介，也可称为桥梁。他从中"拿来"了一些新思想的产物，给予国人。

1920 年 9 月 1 日的《新潮》，登载了他译自日文的德国诗人哲学家尼采（1844——1900）著《察拉图斯忒拉的序言》。

重读一遍，自知是受益的。

"察拉图斯忒拉三十岁的时候，他离了他的乡里和他乡里的湖，并且走到山间。他在那里受用他的精神和他的孤寂，十年没有倦。但他的心终于变了……"

一篇文章开个好头，与人生有一个好的起步，有一样的魅力。

尼采的思想，与他的思想共鸣，人性的，太人性的。东西方文化的合拍。

"现在我爱神：人却不爱。人之于我是一件太不完全的东西。"

哲学，以诗性的语言呈现。破除迷信观念，需要学习哲学。尼采的骨子里是诗人，在大学时代，他说："当时我正孤立无助地经历某些痛苦的体验，极其失望，没有原则，没有希望，没有亲切的回忆。从早到晚，我苦思冥想，要为自己设计一种适合于我的生活。"（《尼采传》伊沃·弗兰泽尔）他爱上了叔本华的书，他觉悟到，"每一种伟大的哲学所应当说的话是：'这就是人生之画的全景，从这里来寻求生命意义吧'"。

尼采与鲁迅的共同点：一生都在寻求人生的意义所在。他们的出发点：前者多半取自理论与梦想，后者多半取自现实与体验。他们的结合点不同，也存在着文明上的差异。

他欣赏尼采："我教你们超人！人是一件东西，该被超越的，你们为要超越他，可曾做过什么了？"他认同尼采：

"人有什么伟大，那便是，为他是桥梁不是目的；于人能有什么可爱，那便是，因他是经过又是下去。"

一篇文章的标题，以此，提取出来了：《为他是桥梁不是目的》。超人，就是思想的桥梁，精神的桥梁，心灵的桥梁，而不是目的。

1920 年 8 月 16 日、21 日，他给蔡元培写了两封信，为他的三弟周建人求学谋职。当兄长的是有一份责任的。

他恳切地写道："舍弟建人，从去年来京在大学听讲，本系研究生物学，现在哲学系。自愿留学国外，而为经济牵连无可设法。比闻里昂华法大学成立在迩，想来当用若干办事之人，因此不揣冒昧，拟请先生量予设法，俾得借此略求学问，副其素怀，实为至幸。"第二封信似更迫切了。

认识一个人，不能不了解他接触的人。了解他的为人，不能忽略了蔡元培先生。人在遇到困难的时候，向谁求助？谁又能给予切实的帮助？这是每个人的一生中都要面临的处境。蔡元培是帮助和影响过他的人。

人都是相互的。看问题也要辩证地去看，换一个角度，可能看得更清晰。

1936 年 11 月 16 日的《宇宙风》上，发表过蔡元培著《记鲁迅先生轶事》。

"鲁迅先生去世，是现代文学界大损失，不但我国人这样说，就是日本与苏俄的文学家也这样说，可说是异口同声了。"

蔡元培最初对鲁迅的印象，缘自与从弟国亲的通信，学外语，"最要紧的是有一部好字典"。他在德国，鲁迅兄弟在日本。

在教育部，他们见面次数多了。他知道了鲁迅爱美术，但不好音乐。鲁迅曾说过："我完全不懂音乐。"

蔡元培回忆："先生在教育部时，同事中有高阳齐君寿山，对他非常崇拜，教育部免先生职后，齐君就声明辞职，与先生同退。齐君为人豪爽，与先生的沉毅不同；留德司法政，并不喜欢文学，但崇拜先生如此，这是先生人格的影响。"

鲁迅的"热心"，鲁迅的"沉毅"，鲁迅的"人格"。

小说当论义来写，论文当小说来写；小说更严谨，论文也更可看了。

从《头发的故事》，还读出了什么？

在我们的人生阅历中，以头发的长短去论断人，以裤脚的宽窄去评价人，以出身的好坏去看待人。那年代，记忆犹新。

"他们对！他们不记得，你怎样他；你记得，又怎样呢？"

在刻画人物性格方面，他的绝妙之处是语言的把握。什么样的人说什么样的话。

只要会听话的，就能听出弦外之音，话如其人，人如其话。说话是最直接的表达方式，还有身体的其他动作。"你不懂话，怎么走路呢？他拿起手杖来说，这便是他们的话，他们都懂！"

人的头发长了，就能梳成辫子，辫子成为一种标志。为此骂，为此被骂；为此吃苦、受难、灭亡。这都是事实。

"他们忘却了纪念，纪念也忘却了他们。"

而他们即使记住了纪念，纪念不是还会忘却他们么！

他以阿尔志跋绥夫的口吻说："你们将黄金时代的出现豫约给这些人们的子孙了，但有什么给这些人们自己呢？"

两个人的对话，我和他：

"回去么？"

"是的，天要下雨了。"

"……我们统可以忘却了。"

在上个世纪初的俄国，了解产业工人的需要，就像了解中国农民的需要一样。那意味着拥有了工人阶级，就拥有了政权；赢得了农民阶级，就最终夺取了政权。

1920年10月，他先翻译了俄国作家阿尔志跋绥夫的小说《工人绥惠略夫》和《幸福》。

是谁说的，"如果我读一点契诃夫，我常常哭……在他的书里是一切的人都这么可怜，这么值得同情"。

"你可知道，将一生中最宝贵的去做牺牲，是什么意义呢……"

意义在哪里？

"爱也是，自己牺牲也是，同情也是！"

小说家从他塑造的人物的眼里，发现了他人没有发现的东西。

生命的悖论：没有幸福感的人最渴求幸福。

《幸福》的萌芽，也预示了他后来写的《祝福》。

他在文末说起作者是"描写现代生活的作家"，"爱憎不相离，不但不离而且相争的无意识的本能"，像罗丹的雕塑，美中有丑，丑中有美。

小说是时代的画像，小说家就是画师。

一年，转瞬即逝，从他的书账看，比上年又减少了。
他也还在致力于研究金石拓本。

生存的压力，比以往更大了。

在写与译之外，从这一年秋季开始，他兼任北京大学、
北京高等师范学校讲师……

他的生活，也由此渐渐地掀开了新的一页。

希望正如地上的路
1921

人有时什么都可以没有，但不能没有希望。

每个人有每个人的希望。

人最痛苦的时候，就是失去希望的时候。

我们心里想着达到某种目的或出现某种情况，在能看得见的地方，有愿望，也有寄托……

有的人，希望在远处，在高处；有的人，希望在近处，在低处；希望既抽象又具体，人只要还知道希望，也就会有方向，有动力，有幸福感。

希望是朦胧的，希望是变化的，希望是蕴含着真、善、美的词。想到希望，就会想到他在《故乡》中所说的话："希望是本无所谓有，无所谓无的。这正如地上的路；其实地上本没有路，走的人多了，也便成了路。"

路都是人走出来的。

走在希望的路上，有美的风景，美好的前程。"走自己的路，让别人说去吧。"闲话说多了，也就没有味道了。希望若隐若现，自己的路该怎么走，还是要怎么走的。

走下去，就有希望，如果走累了，就歇一歇，何尝不是为了更好地向前走去。

好的文学书，就是能给读者希望的书。因为一部书，而想学了，想写了，想做了，进而希望活得有意义了。

在我有限的阅读范围内，他的书，便是这样的书。

1921 年，是风云突变的一年，大时代的来临，历史将在这一年翻开新的篇章。

文化是要走在前列的，而最先醒来的一定是文化人。

他在 1 月 3 日和 15 日，有两封致胡适信，从中能看出《新青年》已走向分化，还有就是对胡适新诗《尝试集》的看法。

除了谈到在京办刊的意思，又说："至于发表新宣言说明不谈政治，我却以为不必，这固然小半在'不愿示人以弱'，其实则凡《新青年》同人所作的作品，无论如何宣言，官场总是头痛，不会优容的。此后只要学术思想艺术的气息浓厚起来——我所知道的几个读者，极希望《新青年》如此，——就好了。"

第二封信很有针对性，哪些诗可删，哪些可改，也有肯定的。"我觉得近作中的《十一月二十四日夜》实在好。"

我曾将他的书与胡适的书对照着读过。胡适的新诗，他的新小说，都是开山之作。但胡适的诗是直白的、浅显的，给人柔美的感觉，像《湖上》：

> 水上一个萤火，
>
> 水里一个萤火，
>
> 平排着，
>
> 轻轻地，
>
> 打我们的船边飞过。
>
> 他们俩儿越飞越近，
>
> 渐渐地并作了一个。

而他的小说是沉毅的，有力量、壮美的，在学术思想和艺术气息上，都比胡适浓厚。

我曾经有一个也许值得推敲的念头：如果说胡适的诗是抛砖引玉的话，那么他的小说就是抛玉引玉了。

在现代文学中，白话诗到冯至、艾青、何其芳、戴望舒……玉的含量是明显多起来了。而小说，像鲁迅作品中玉的含量，对比起来，是少而又少了。

当然，后来在世俗的地位上，胡适是优于他的，而在思想境界上，在文学艺术的影响上，又远远地低于他了。

每个人的生命中都有一个故乡，意味着生命中的一部分，留在了那里。

记忆是有的，而且，一个作家早年的记忆恰是他一生的财富。

我也曾读过一些写故乡题材的小说和散文，但真能一读再读，百读不厌的要数他的《故乡》了。

美文是有标准的，经典是有尺度的，好就是好，不是谁想否定就能否定的。

在《故乡》面前，我们还是初学者，在默默地朗读中，能看到时光的彩虹和流逝，能听出记忆中的忧郁和快乐。

"故乡本也如此，——虽然没有进步，也未必有如我所感的悲凉，这只是我自己心情的改变罢了。因为我这次回乡，本没有什么好心绪。"

小时候的朋友，贫富也并非能隔离的，而时间以及艰辛的生活，使人和人的距离拉大了。你还是过去的你吗？他还是过去的他吗？

淳朴、善良的农民，渐行渐远的故乡。

希望是在于年轻一代的，是在于以后和将来的。

我热爱他的《故乡》，热爱他叙述的语气，热爱他的文风："我希望他们不再像我，又大家隔膜起来……然而又不愿意他们……都如我的辛苦展转而生活，也不愿意他们都如闰土的辛苦麻木而生活，也不愿意都如别人的辛苦恣睢而生活。他们应该有新的生活，为我们所未经生活过的。"

理想中的生活，又是怎样的生活，能说清楚吗？

"现在我所谓希望，不也是我自己手制的偶像么？只是他的愿望切近，我的愿望茫远罢了。"

翻译对他说来，实在是一种第二职业。他对语言感兴趣，汉语之外，就是日语了。

森鸥外的《沉默之塔》，他从中看出了特色："讽刺有庄有谐，轻妙深刻。"他看重有特色的文章，欣赏有特色的人。

人不能一味地只做一件事，写诗的如果只写诗，易于贫乏；写小说的如果只写小说，陷于重复；写散文的如果只写散文，流于单调；写评论的如果只写评论，失于枯燥。

在侧重一点之外，多涉及别的文体，既保持一种新鲜感，也能有触类旁通，融会贯通的感觉。

他写《译了〈工人绥惠略夫〉之后》，说起作家作品，《赛宁》"这书的中心思想，自然也是无治的个人主义或可以说个人的无治主义。赛宁的言行全表明人生的目的只在于获得个人的幸福与欢娱，此外生活上的欲求，全是虚伪"。

我们的生活当中，就有这样的人。作家笔下的形象，现实中的人物，赛宁说："我只知道一件事。我不愿生活于我有痛苦。所以应该满足了自然的欲求。"

他说："人是生物，生命便是第一义。"

从个人主义，到集体主义，到人道主义，从自我的觉醒，再到社会的觉醒。他又接连译了阿尔志跋绥夫的《医生》。他学过医，他的笔正像手术刀，他所救活的是人的灵魂，他的高明之处，也在于他目光的穿透力和判断力。

读他的文字，别的不敢说，至少是可以催人清醒的。

伟人之所以是伟人，你能从他的文字中找到答案。

他翻译芥川龙之介的《鼻子》，是在 1921 年的春天。甚至还没有读过原著，但不妨读田中纯的评论："在芥川龙的作品上，可以看出他用了性格的全体，支配尽所用的材料的模样来。这事实，便使我们起了这感觉，就是觉得这作品是完成的。"

人，无非两种：完成的人，未完成的人；作品也一样。

他在译之前，认为芥川龙之介"作品所用的主题，最多的是希望已达之后的不安，或者正不安时的心情，这篇便可以算得适当的样本"。

观察人是要讲究角度的，在男人，多留意他的鼻子和脚，他的语气和朋友以及走过的路；在女人，多留心她的眼和手和她走道的姿势，人的背影；人的内心世界就表现在日常的言谈举止中。

如果自己都不了解，连自己接触的人都不了解，还写什么文章呢。

他看报刊，已形成了一种积习，就是先看署名。

什么看，什么不看；什么认可，什么摇头；什么有意思，什么是无聊的。他不看夸张、古怪、过度自谦、不正常的东西。看一个人的笔名、网名，也能大致地了解人的喜好。

翻译的事业，一直陪伴着他，也是学习和借鉴的一种方式，向古代学，向国外学。人的进步离不开学习。

1921 年 6 月，他翻译芥川龙之介的小说《罗生门》时发现，"这一篇历史的小说（并不是历史小说），也算他的佳作，取古代的事实，注进新的生命去，便与现代人生出干系来……"好的小说能唤醒作家创作的欲望，正如好的人能给予的理解与启发。他后来的《故事新编》，其中古典新作的小说，也不能说与之前的阅读与翻译无关。

小说是可以用来赏玩的，与他的搜罗古籍、拓片，有同工异曲之妙。什么事情一旦钻研进去了，便有大欢喜。

《三浦右卫门的最后》是菊池宽的小说。因为打动了他，不仅翻译了，而且还专门写了介绍的文章，原本只想研究文学，不想当作家的人，由于试作的小说意外得到了朋友和评论界的好评，结果便成了作家。

有人说过，倘要认识一位作家，可多看他写别人的文章；人要知道另一个人，可参考他写自己的文章。也可以理解为，你中有他，他中有你了。

他说："菊池氏的创作，是竭力的要掘出人间性的真实来。一得真实，他却又怅然的发了感叹，所以他的思想是近于厌世的，但又时时凝视着遥远的黎明，于是又不失为奋斗者。"

如果我们从内心里不认同一个人，那么读他的文字，也就会有疏离感，读不进去。而真喜欢的时候，便能体会到一种真实的美，"我便被唤醒了对于人间的爱的感情"。

1921 年，仅保存下来的，就有他致二弟周作人的 16 封信。想到几年后，他们兄弟失和，为他感到难过，为周作人感到可悲。

6 月 30 日，"所要的书，当面于便中带上"。"……汝身体何如，为念，示及。"7 月 13 日，谈译文，说"物语"，还有关于健康的"体操"与"深呼吸"。7 月 16 日，"《犹太人》略抄好了，今带上，只不过带上，你大约无详读之必要……"7 月 27 日，有关稿酬及宫竹心的信。7 月 31 日，评《小说月报》，及外国书《孤独》、《木片集》："此间日日大雨，想山中亦然。"论及芬兰诗人哀禾："对于人生的轻蔑的个性，有着柔和的眼光。这功效，是他能觉着交感，不特对方来的新，而且也对于方去的故。"

兄弟之间，在学术上能有所交流、促进，是有益的。8 月 6 日，多涉及译稿专业术语。8 月 17 日，谈到三弟周建人。8 月 25 日，"《斯拉夫文学史》译得要命了，出力多而成绩恶，可谓黄胖捣年糕，但既动手，也不便放下，只好译下去……"8 月 29 日，"我近来大看不起沫若田汉之流。"说人与被说都是正常的，而看法也会变的。

兄弟之间，无话不说，情感上远于他人。他起到了提携的作用，他们兄弟三人，既通信，也转信。在 9 月 17 日，"因趣味已无而须做讲义，是大苦也"。

长兄比父，也因了他的缘故，他的两个弟弟都走出来了。后来的分歧，人的升华与背叛，那是后话了。

写作的过程，也是寻找路的过程。

我在他的文学世界中，也只是在欣赏中捡取自己最感兴趣的东西而已。

他那时已注重捷克的文学，我们现在也懂得它的重要了，从卡夫卡，到塞弗尔特，再到米兰·昆德拉，在文脉中，有诗的品质。

他于 1921 年 9 月 5 日译的《近代捷克文学概观》，凯拉绥克作。他认为"哈累克（1835——1974）为最可爱的了。他的享受一切美，与柔软绵长的心情，一有触动，便发为甜美的音调。永远是恳挚在他的感情里，柔和在他的气禀里……"

那又是指向谁："他改善了提高了许多人，不毁坏一个。"

"饮于美的全大海。"这是诗人。他说："凡有与他的生活相偕的，一切感情他都用他的诗来报答，而且妖女夜间在思想的织机上一开织，他便试来把握人生的情形。"

文学的终极意义，取决于诗。没有诗意、诗情的作品，是不会有长久共鸣的。

"女人于他是具体的爱。"爱女人即爱诗，爱这个并不完美的世界。

他说的察伊尔，一个有深情的诗人，"当生存时，他只凭着他的杰出为数人所识罢了"。

一年像流星，一闪就那么过来了。

他译爱罗先珂，俄国盲诗人的作品，是多的。《春夜的梦》，童话般的生活："感情的优丽，物的美，便都是世界的力。"

他喜欢《雕的心》："雕这样体面的自由的鸟，是再也没有的了。雕这样强的勇的鸟，是再也没有的了。而且，在动物里面，像这样喜欢那高的冷静的山的是再也没有的了。"

从对待人，对待新生事物的态度，感受诗人的心灵。

他还译安特来夫、迦尔洵、契诃夫……有余裕心和闲暇，从书账看，买书又多起来了。

希望既像地上的路，也像路边的花香，一路走米，希望在前面闪烁……

忘怀于自己的寂寞
1922

　　人都会有寂寞的时光，在独处时，在喧哗中，在夜深人静时，孤单、冷清的感觉，从何而来？

　　回忆是好的，像陈年的酒，弥漫着久远的气息，已逝的寂寞闪耀着诗性的光辉。

　　还有向往和憧憬，在遥远的地方，什么在等待你？空旷的草原，泥泞的胡同，你在等待什么？

　　自己的世界很大，世界上的自己很小。只有忘怀于自己的寂寞，才能融入一种全新的生活，找到愉悦的心情。

　　离不开的是书。在饥饿的时候，书是牛奶和面包；在贫穷的时候，书是财富；在相思的时候，书是爱情；在迷失的时候，书是灯塔……书像进步的阶梯，是智慧的结晶。在寂寞的时候，快乐莫过于读一本好书。

　　还要从书本中走出来，寻找志同道合的人，去做有益于自己，也有益于他人的事。在做事的时候，更清醒地认识自己。

生命的意义源于自身，在写作的过程中，看出一个人的优点与弱点。如果能够，那么就将最有价值的东西给予读者，原创的也罢，拿来的也罢。

以自己寂寞的果实，去消解大众的寂寞——这忘怀的、未忘怀的寂寞。

阿Q是谁？似乎是谁，又似乎谁也不是。阿Q就是阿Q，是一个影子。

那影子里，有你，有我，也有他。那影子若有若无，若近若远，若小若大。

只要有光线的地方，就能看到那影子，当光线消失的时候，影子也随之消失了。

他写《阿Q正传》，是跨越年度的，从1921年12月4日起至1922年2月12日止，每周或隔周刊登在北京的《晨报副刊》上，署名巴人。

一篇小说的诞生与编辑的催与约分不开。《狂人日记》是因了钱玄同，而《阿Q正传》则是因为孙伏园。优秀的编辑促使了杰作的出世。

他在 1921 年 11 月 27 日的日记中有"晚孙伏园来"的记载，是为《开心话》专栏约稿。他从那开始写《阿 Q 正传》，边催边写，边登边写。"我的文章不是涌出来的，是挤出来的。听的人往往误解为谦逊，其实是真情。"他挤去了水分、杂质，是纯粹的，是货真价实的精品。换一个作家去写，同样的题材能写成长篇，往长里写，而他却是往短里写，浓缩的都是精华。

《〈阿 Q 正传〉的成因》，是 1926 年 12 月 3 日在厦门写的。他说："阿 Q 的影像，在我心目中似乎确已有了好几年，但我一向毫无写他出来的意思。"

每周必须写一篇，而且写作的环境也不好。他说："我那时候虽然并不忙，然而正在做流民，夜晚睡在做通路的屋子里，这屋子只有一个后窗，连好好的写字的地方也没有，哪里能够静坐一会，想一下。"

孙伏园是敬业的。等米下锅，生米煮成熟饭。他笑嘻嘻的，来催稿子："先生，《阿 Q 正传》……。明天要付排了。"不能不做，非写不可。从第二章改登在《新文艺》栏里。

小说是一门艺术。他塑造出的阿 Q 形象，综合了的"精神胜利法"，如果只听说话的口气，能知道是哪里人吗？

"我们先前——比你阔的多了，你算是什么东西！"

"你还不配……"

"我总算被儿子打了，现在的世界真不像样……"

"这是你的？你能叫得他答应你么？你……"

"孙子才画得很圆的圆圈呢。"

"过了二十年又是一个……"

画龙点睛之笔，惟妙惟肖之言，炉火纯青之墨。

不仅对话写得妙不可言，插入小说中的议论，也犀利无比，与他的个性相吻合。

"有些胜利者，愿意敌手如虎、如鹰，他才感到胜利的欢喜；假使如羊、如小鸡，他便反觉得胜利的无聊。又有些胜利者，当克服一切之后……，他于是没有了敌人，没有了对手，没有了朋友，只有自己在上，一个，孤另另，凄凉，寂寞，便反而感到了胜利的悲哀。然而我们的阿Q既没有这样乏，他是永远得意的……"

我们有没有过那种轻飘飘的、自以为是的感觉，我们在阿Q的身上，还看到了什么？

1922年，他的日记残缺不全，原稿丢失了，只余下的断片，是一种纪念。

在2月16日给宫竹心的信里谈到互助："也须有助

的力量，倘没有，也就无法了。"

次日，"夜读嵇康集"十卷讫。看他的日记，嵇康的书，是出现频率较高的，可谓爱不释手。

人都会有空虚的时候，在冬天最寒冷的日子，读他写于春天的《无题》，有那么一种同感："夜间独坐在一间屋子里，离开人们至少也有一丈多远了。……看几叶托尔斯泰的书，渐渐觉得我的周围，又远远地包着人类的希望。"

在大作家之间也有不欣赏的。托尔斯泰认为莎士比亚所写的人物，无论高低贵贱，无论车夫还是国王都用一个腔调说话。他后来也拿徐志摩、陈源开玩笑，好像不读莎士比亚就没有资格谈文学，太煞有介事了。

聊胜于无。我读他的译文，是因为有诗的含义在："不要失望吧，因为春天是，绝不是会灭亡的东西。"

他在翻译中，是会自言自语的，那种描写："又是盲人，又是夜里。"让我想象盲诗人的遭遇。我看书，也有那种感受："遇有说着自己的时候，便自然感到更切实。"

写作，被写作，那么多的词语用在他身上合适，用在另外一个人身上也合适，那就不如不用了。寻找那个唯一的词，符合人物的性格，连两片叶子都没有一样的，更何况人了。

当写到兴奋的时候，梦里也在构思，也在想，他的生存状态，创作与翻译的取舍。

只要是对我们有益的东西，不论它来自哪里，需要学的就要学，需要用的就要用，无谓的拒绝什么，无谓的说不，是思想狭隘的一种表现。不虚心，不自信，还谈什么进步……

在译文中体验另类的生活。写作有着可持续性，之前读过谁的书，受过谁的影响，之后也就像提前埋在地下的种子，时机到了，自然会萌芽，开花，结果。

"在无畏者的面前就有路。"

他通过翻译，也就是在寻觅性情相近的同类。他对有岛武郎感兴趣："在外面，似乎下着今年的初雪，在消沉一般的寂静里，昏夜深下去了。"

文学性，就是那种味道，还有江口涣在《峡谷的夜》中，开首的句子："就现在说起来，早是经过了十多年的先前的事了。"

穿越时空的寂静，回到过去，返回从前。文章的开头，定好了自己的调子，就如歌手一旦调子高了，如何唱？调子低了，又该如何唱？唱着唱着跑了调怎么办？定好调子。抒情与叙事风格，渲染和深化主题，过渡与结尾呼应。

写作点的切入，就像年轻人的初恋，第一印象太重要了。写作需要保持新鲜感，陌生又贴切的语言，丰美与润泽，阅读与写作的快感。

　　书像朋友，朋友也像书，有的是阶段性的，有的则伴随一生。

　　这一年的 2 月、8 月，他反复地校《嵇康集》，一本刻骨铭心的书。

　　在 5 月，他译出了爱罗先珂的童话剧《桃色的云》。23 日，在北京世界语会上，有他与盲诗人的合影。他坐在中间，右边是爱罗先珂，左边是一个俄罗斯人。

　　他们的心灵相通。在盲人的心里，世界是明亮的；在他的眼里，生活是有希望的。是剧，喜剧也罢，悲剧也罢，童话剧也罢，都需要舞台。

　　那两个场面，在上，强者的世界（为太阳所照，明亮的）；在下，弱者的世界（虽为希望所包，然而暗淡的）。

　　处在强者与弱者之间，我们能不能做到，"关注强者的灵魂，关心弱者的生存"？在影响和改变他人的时候，重塑自己。

　　眼睛看不见世界的人，在内心世界中，一定有着常人体验不到的苦闷，也一定有更多对光明和希望的憧憬。

　　幕降下来之前，听竖琴的声音，听谁在朗诵：

虹的桥是美的，

虹的桥是相思的。

虹的桥上是想要上去的，

虹的桥上是想要过去的。

学以致用，知识如果不能与实践结合，只是之乎者也，为学而学，为考而学，学来学去，于事无补，与人无关，与己无益，最终成了科举制的牺牲品。

他在 6 月写的小说《白光》，道尽人生悲凉。看榜的那个人："这回又完了！"

这条路，越走越窄，而挤在上面的人，又是那么多。

"他忽而举起一只手来，屈指计数着想，十一、十三回，连今年是十六回，竟没有一个考官懂得文章，有眼无珠，也是可怜的事，便不由嘻嘻的失了笑。"

小人物的悲剧。从《孔乙己》到《白光》，没缘由地想到蒲松龄，想到范爱农，如果除了做八股文，而没有小说《聊斋志异》，如果范爱农没有溺水，那么，小说无论如何编，还是不能超出作家的阅历与见识。

人要创作，至少需要三点：一是天赋，与性情相关；二是读书，与读的书有联系；三是外界的见闻，与受到的刺激有影响。

《端午节》与《白光》是同一个月写的。常说"差不多"这句话的人，是谁？他又两次提到了《尝试集》，也是在为胡适义务做书的宣传罢。

8月，与胡适有过两封通信。在客套中，互致谢意，他说："大稿已经读讫，警辟之至，大快人心！我很希望早日印成，因为这种历史的提示，胜于许多空理论。但白话的生长，总当以《新青年》主张以后为大关键，因为态度很平正，若夫以前文豪之偶用白话入诗文者，看来总觉得和运用'僻典'有同等之精神也。"

了解他与胡适当初的关系，再对比他后来的评论，可谓知人论世之言。

从事写作多年的人，大概都曾有一种体验：就是写顺手的时候，往往是一篇连着一篇，意犹未尽，相互关联。

仅在10月，他就先后写了《兔和猫》、《鸭的喜剧》，还有《社戏》。转移性情，在写的过程中，感受愉悦。

爱罗先珂曾向他诉苦："寂寞呀，寂寞呀，在沙漠上的寂寞。"而对他们来说，写作无疑是驱逐和忘怀寂寞的方式。

他们对黑夜都有着独特的感受，在文字营造的氛围里，弥漫着夜气，而渴望光，就有了光。

文章，开局与结尾，往往最见作家的功力。

《社戏》是有典型性的。

"我在倒数上去的二十年中，只看过两回中国戏，前十年是绝不看，因为没有看戏的意思和机会，那两回全在后十年，然而都没有看出什么来就走了。"

"真的，一直到现在，我实在再没有吃到那夜似的好豆，——也不再看到那夜似的好戏了。"

到了 11 月，他写了 6 篇杂感。在《不懂的音译》一、二中，谈常识，讲国学。论及一部书和一个人："中国有一部《流沙坠简》，印了将有十年了。要谈国学，那才可以算一种研究国学的书。开首有一篇长序，是王国维先生做的，要谈国学，他才可以算一个研究国学的人物。"

假的国学家，像市场上的假古董，历来就很多。

在《对于批评家的希望》中他说："我对于文艺批评家的希望却还要小。我不敢望他们于解剖裁判别人的作品之前，想将自己的精神解剖裁判一回，看本身有无浅薄卑劣荒谬之处，因为这事情是颇不容易的。我所希望的不过愿其有一点常识……""看不起托尔斯泰，自然也自由的，但尤希望先调查一点他的行实，真看过几本他所做的书。"

批评需要理性，不能苛求，让厨子去做裁缝，或为什么不去造房子。

他在《反对"含泪"的批评家》中说："批评文艺，万不能以眼泪的多少来定是非。文艺界可以收到创作家的眼泪，而沾了批评家的眼泪却是污点。"

小说《不周天》也是在11月写的，后更名为《补天》。他后来意识到，小说写着写着，多多少少陷于油滑了。

他是清醒的。时刻没有忘了提醒自己，写什么，怎么写，值不值得写，有没有意义。

读一个人的书，有没有愿意摘录的，有几句有内涵的话能记住？

在1922年的12月，他为自己的也是那个时代的第一部白话小说集《呐喊》写了自序。

从青年时代就读，也不知道读过多少遍了。要了解他的阅历和思想，不能不读；要懂得他为什么越写越有味道，也不能不读；要知道他是如何写作的，还是不能不读。

我在通读了他这一年的作品以后，又能为读者提供什

么呢？从中疏漏了多少，忽略了多少有价值的东西，那些
认真读过他的书的人，比我清楚。我也只能尽自己的微薄
之力了。

韧性开出了红的花

1923

为一篇文章起一个名字，就像给孩子起名字一样，要慎重的。

他的 1923 年，如何去写，我曾经想到过"忽而平静了的沉默"，又想到"融入大海的寂静"。

韧性是好的。在写作明显减少的一年里，却是有收获的一年，在看似平淡的地方，开出了红的花。

1923 年 9 月，他的小说集《呐喊》印成了；1923 年 12 月，他的《中国小说史略》上卷出版了。

前面撒下的一粒一粒的种子，怒放着，盛开着，始终是红的，至今，还没有枯萎，以后想来也不会枯萎的。

他那时的心情，在悄无声息地变化着。在兄弟同住的八道湾大杂院里，遇到了烦心的事，没有他，哪里有那种境遇，而他现在需要出去寻找自己的房子了。

在他这一年的日记里，经常出现与友人一起看房子的记录，心绪受到影响，写作自然也就受到干扰了。1923年12月，他终于买下了北京阜成门内西三条胡同21号屋。

从此以后，他要开始一种新的生活了。

一个人有一个人的路，谁也无法复制谁，无论如何，成为自己是最重要的了。

在一年初始的日子，在新年的第一天，他与孙伏园、沈尹默等几个朋友，在中午一起聚了聚。三天的休假，抽空去理发，寄出了一篇译稿。

是爱罗先珂写的："在中国没有好戏剧。所谓中国的旧戏，也不过是闹嚷嚷的酒馆罢了。没有戏剧的国度，是怎样寂寞的国度呵，我到了中国，最强烈地感到的便是这一节。在先回到俄国去，从实说来，就因为要听好的戏剧和好的音乐的缘故。"他也有类似的想法，喜欢看书上的东西，而不爱好舞台上的表演。

关于《小说世界》，有他与记者的"通信"。他说："现在的新文艺是外来的新兴的潮流，本不是古国的一般人们所能轻易了解的，尤其是在这特别的中国。……《小说世界》是怎样的东西，委实已由他自身来证明，连我们再去批评他们的必要也没有了。"打开一本刊物，就像敲开一扇门，什么人在里面，有什么摆设，有什么内容，走进去就知道了。

他说："新的年轻的文学家的第一件事是创作或介绍，蝇飞鸟乱，可以什么都不理。"

我们在批评他人的时候，做没做过自我批评？一个人，左手拿着盾，右手拿着矛，即使是世界上最坚实的盾，最锋利的矛，会不会自相矛盾？

厚道从哪里来？轻薄又从哪里来？

我们读书、学习的目的是为了什么？

在节日到来的时候，在热闹中，人与人的感受是不一样的。思亲的愈加思亲，孤独的更加孤独，快乐的越发快乐……

2月15日，旧历的除夕，在夜里，爆竹声大作，他失眠了。

连续休假，初二那天中午，他的二弟周作人还邀请了郁达夫、沈士远、沈尹默、马幼渔等一起午餐，谈至下午。

郁达夫是好客的。偶尔胡适也会到教育部里去，他们同至酒楼，饮酒聊天。

那时常伴随他的是爱罗先珂的书。自己没有创作，就去翻译。工作着是充实的，不能让自己闲下来，不能让自己无所事事，只要是写，就好，既可抚慰寂寞的心，也能多少增加一点收入。正如到多所大学去兼作讲师一样，人不能活得太单一了。

"幸福者为要忘却那冻结了心一般冷的，和威胁于心一般暗的事实，便到剧场和音乐会之类的愉快的会上去，做些艺术的梦，那自然是不足为奇的，然而在不幸者，却不能不从冷的浓雾的早晨直到吹雪怒吼的深更，来面会这事实。"

《爱字的疮》，盲诗人的心境，又如何赢得了的共鸣："诅咒着自己，诅咒着别人，我仿佛寒夜的狼一般，真不知哭了多少回了。"雪地里的狼，吼叫着的狼，受过伤的狼，呻吟的狼。

为什么说，"接吻是归还生命的方式"？又是为什么，"因为接吻，你取得了自己的生命了"？

收藏书是一种乐趣。影印的《焦氏易林》，石印的《夷坚志》、《聊斋志异》，还有《藕香零拾》……，书也是一种精神支柱。

从他那时的日记看，那时的清明，已有假期了。

4月15日，丸山招饮，他与二弟周作人陪爱罗先珂同往中央饭店，还拍了一张合影。

盲诗人的《红的花》，便是那时翻译的。想象中的五彩缤纷、色泽艳丽。谁能在天鹅的声音里，听到红的歌？

还有通感吗？还读诗吗？还能呼应吗？

一部书，在不同的时空中，在不同的背景下，能读出相同的感受吗？

在20世纪的德国，有一位叫本雅明的作家，他最大的心愿竟然是"想写一本由引文组成的书"。

能做到吗？

我在写作的时候，已经在为引文的多少焦虑了。如何选择有意义的话？在打动自己的时候，还能够打动读者。

"我睡着，我睡了做着各样的梦，和关于这世间的将来的梦……。那梦很凄凉，是这世间似的黑暗而且沉重的梦。然而我又不能不做这些梦，因为我是睡着的……"

他的梦，恰如红的花，就要开了。而你的梦呢，有自己的根吗？有红的花，白的花，还是黄的花……

"他只有一朵花，却是玫瑰。"有那么多的花，纸花也是花吗？花和花有什么不同，花和花是多么不同。

爱花，爱含苞待放的花，爱激情上演的花，爱悄悄开放的花，"落红不是无情物，化作春泥更护花"。

日记和书信，像两条路，最终归于一条了，通向他的内心世界，真实的记载。

生活，日复一日。有一本《桃色的云》，赠给朋友，也是令人欣慰的事。

他致孙伏园的信，实话实说："我交际太少，能够使我和社会相通的，多靠着这类白纸上的黑字，所以于我实在是不为无益的东西。"关于爱情定则的讨论，惊醒谁的黄金色的好梦，旧思想的框框，而他的意见："就是希望不截止。"

夏天里的牙疼，不舒服，不自在，索性拔去了二枚。还不行，再拔去二枚。然后，再去补龋齿。

有一个日子是不能忘却的，那意味着他与二弟周作人的关系出现了裂痕，而且，难以弥补了。

1923 年 7 月 14 日的日记："晚伏园来，即去。是夜始终在自室吃饭，自具一肴，此可记也。"19 日记："昙。上午启孟自持信来，后邀欲问之，不至。下午雨。"矛盾渐趋激化。26 日记："晴。上午往砖塔胡同看屋。"下午收拾书籍入箱，他已经准备搬离了。

8 月 2 日记："雨，午后霁。下午携妇迁居砖塔胡同六十一号。"5 日记："昙。星期休息。晨母亲来视。得三弟信，七月卅一日发。晚孙伏园来并持示春台里昂来信。

小雨。"

还在到处看房子。8月22日，孙伏园给他送来了二十册新出的《呐喊》。以此赠送给文朋诗友。

他的内心是苦闷和忧郁的，不断地看房。9月19日记："夜半雷雨，不寐饮酒。"

母亲放心不下，常常来看他。人到中年的不幸，心情不好，身体也开始出问题了。

从10月份起，他的日记里，多次出现"往山本医院诊"的字样。直到11月8日记："晴。午后装火炉，用泉三。陈援庵赠《元西域人华化考》稿本一部二册，由罗膺中携来。夜饮汾酒，始废粥进饭，距始病时三十九日矣。"足见这一次兄弟失和对他的打击了。

他后来曾说起过："负担亲族生活，实为大苦，我一生亦大半困于此事，以至头白。"好心有时不一定就有好报，但还是要有好心的。

性格决定命运。他们都是个性很强的人，一个过于清醒，一个失之于昏庸，中间再有一个歇斯底里的、有癔病的女人，一个有责任心，一个有依赖感，他们能处好吗？

许钦文是鲁迅的朋友，据他的四妹许羡苏回忆，鲁迅的母亲对她说起过："龙师父给鲁迅取了个法名——长庚，原是星名，绍兴叫'黄昏肖'。周作人叫启明。启明也是星名，叫'五更肖'，两星永远不相见。"

"东有启明，西有长庚。"有迷信的色彩，也是个性使然。他们曾各自作过《伤逝》，一是小说，一是译诗。

小说是熟悉的，诗却有些陌生，看看吧。

我走尽迢递的长途，

渡过苍茫的大海，

兄弟呵，我来到你的墓前，

献给你一些祭品，

作最后的供献，

对你沉默的灰土，

作徒然的话别，

因为她那命运的女神，

忽而给予又忽而收回，

已经把你带走了。

我照了古旧的遗风，

将这些悲哀的祭品，

来陈列在你的墓上：

兄弟，你收了这些东西吧，

都沁透了我的眼泪；

从此永隔冥明，兄弟，

只嘱咐你一声"珍重"！

人在遇到变故的时候，情绪波动的时候，痛苦的时候，是最易于感冒生病的。

1923 年的下半年，对他来说，是辗转的，不稳定的，他在为自己寻找出路。

12 月 11 日，他透露出两条信息：一是房子的事落实好了；二是《中国小说史略》上卷出版了。

孙伏园寄来 200 册书，他托诗荃给女子师范寄了 45 册，自己送到世界语校 105 册。

送人以书，手有书香。

有书可以买，有书可以读，有书可以赠人，是幸福的事。送别人的书好，送自己的书也好。

郁达夫赠《茑萝集》，他又有新书可以赠人了。

有性情，有趣味。自己变着花样和自己玩，并不是老一本正经的样子。看他在 12 月 13 日题赠川岛《中国小说史略》上卷扉页上的话：

请你

从"情人的拥抱里"

暂时汇出一只手来

接受这干燥无味的

中国小说史略

我所敬爱的

一撮毛哥哥呀！

并郑重地盖了"鲁迅"的印。

要了解他1923年的思想状况，莫过于读他12月26日在北京女子高等师范学校文艺会上的讲演稿：《娜拉走后怎样》。

他是讲给大学生们听的，也是说给自己听的。当时面对的现实，以及他后来的出走，前有因，后有果，在那时他已有了深入的思考了。

娜拉不是一个人名，娜拉是一个符号，或者说是一个化身。每个人的身上都或多或少有娜拉的影子。娜拉是一个"大我"，有许许多多个"小我"在。

他说："人生最苦痛的是梦醒了无路可以走。做梦的人是幸福的；倘没有看出可走的路，最要紧的是不要去惊醒他。"

出走，还是回来？当处在两难的时刻，他说："梦是好的；否则，钱是要紧的。"

自由是有前提的，在精神的解放与物质的枷锁中，面临的双重困境，何去何从？

"世间有一种无赖精神，那要义就是韧性。……青皮固然是不足为法的，而那韧性却大可以佩服。"他又说："正无需乎震骇一时的牺牲，不如深沉的韧性的战斗。"

他看清了国民性中的惰性，他说："可惜中国太难改变了，即使搬动一张桌子，改装一个火炉，几乎也要血；而且即使有了血，也未必一定能搬动，能改装。不是很大的鞭子打在背上，中国自己是不肯动弹的。我想这鞭子总要来，好坏是别一问题，然而总要打到的。但是从那里来，怎么地来，我也是不能确切地知道。"

他的预言是准的，历史也验证了他的话。

韧性。他为人为文的可贵之处，就在于韧性。

不论做什么事，没有韧性，没有善始善终的干劲，聪明有什么用，机会有什么用……最关键的还是韧性。

人，不能见异思迁，不能这山望着那山高，一件事没有做好，就想做好另一件事，不那么简单。万物一理，成功者自有成功者的道理。

在有韧性的人当中，看到希望，看到开在希望里的血红的花、壮美的花。

无限在他的手掌中
1924

　　人的潜力究竟有多大，没有人能说得清楚。表现在写作上，有的写着写着，就觉得没有什么可写的了，有的写来写去就是那么回事，而有的却是越写越有味道了。

　　慧眼、慧心、慧根，是从哪里来的？

　　他们在追问：人有没有灵魂，不仅要为活着操心，就连死后，也还有那么多牵连。

　　诗人是要关注"民生"的。诗人是能为时代代言的人。一个没有大诗人的时代，也命定了是一个平庸的时代。"民声，神声也。""传神声者，代神叫喊者，这是预言者，是诗人。"

　　我们在读诗的时候，有时会忽略了翻译者，我们常常记住了诗句，而忘却了出处。像雪莱《西风颂》中那两句："如果冬天来了，春天还会远么？"是他首先翻译的。在汉语中的影响力不亚于英语。

在这一年里，他的命运渐渐出现转机。5 月，他迁居西三条胡同新屋，又有新书出版了，还在一如既往地创作着、翻译着、酝酿着，生活即将揭开新的一页。

生命力的释放，已隐约看到了曙光。

看人要看几个方面，当面的背面的；听话要听话外音，说过的未说过的；读书要能读进去，不能浮在表层，要读出深意。

在他 1924 年 2 月 7 日写成的小说《祝福》中，就读出了一种悲凉。他对祥林嫂寄托了一种深刻的同情，在一个不幸女人身上，有他自己的情感在，有他自己的身影在，是无法隐去的。

对魂灵的拷问，对地狱的思考，他本性善良，不愿意增添末路人的苦恼。相信人的再生吗？在绝望中寻找寄托，他能告诉她吗？就如同自己的一半在问另一半。在旧历的年底，"她大约因为在别人的祝福的时候，感到自身的寂寞了，然而会不会含有别的什么意思的呢"？他也在问自己。

他说："魂灵的有无，我不知道；然而现世，则无聊生者不生，即使厌见者不见，为人为己，也还都不错。"

刺激，既可以让人清醒，也能使人麻木。

有几句话，是能触及到灵魂的。

一种声音："我真傻，真的。"自责、内疚，痛苦和负担已经压得她喘不过气来了。

还有另一种声音："你放着罢！我来拿。"嫌弃、歧视、被冷落的话。生活于苦难中的人，她的手好像是不干净的。这句话是有出处的，对照着看，也许能看出点什么。

增田涉在《鲁迅的印象》中说："他在北京和周作人同住的时候，他常买糖果给周作人的小孩（他自己那时没有小孩），周作人的夫人不让他们接受而抛弃掉。他用充满感慨的话说：好像穷人买来的东西也是脏的。"

他在《从孩子的照相说起》中回忆："房东太太讨厌我的时候，就不准他的孩子们到我这里玩，叫做'给他冷清冷清，冷清的他要死！'"他在小说中重复了多次的话，我们是不是在当今的生活中，也曾经听到过。

看小说，有外部视角，有内部视角，还有双重视角。

在写出了《祝福》之后，他紧接着写了《在酒楼上》，又写了《幸福的家庭》，整个2月，写了三篇小说。到了3月22日，写《肥皂》。

人做事情是需要有兴致的。自己需要，读者也需要。

他在写作的过程中，有时不仅在文内提到为何要写，有时还会写附记。像《幸福的家庭》，之所以拟许钦文，就是因为有《理想的伴侣》在前，"又适值没有别的事，于是就这样写下来了。只是到末后，又似乎渐渐的出了轨，因为过于沉闷些。我觉得他的作品的收束，大抵是不至于如此沉闷的。"

不时地反省自己，从自我的审视做起，找出自己小说存在的问题，症结所在。

那就是他所说的沉闷，与一个人的生活阅历有关。他已预感到了，这也是他的小说创作少起来的一个原因。

他的小说，每次最适合于读一篇，在冬天的背景下，下了一场大雪，点木炭的壁炉，泡一杯好茶，能品出苦的滋味，还有一丝朦胧的美，来自语言的蛊惑。

现在的小说家，能渲染出那种境遇吗？

"冬季日短，又是雪天，夜色早已笼罩了全市镇。人们都在灯下匆忙，但窗外很寂静。雪花落在积得厚厚的雪褥上面，听去似乎瑟瑟有声，使人更加感到沉寂。"（《祝福》）

我不能想象，他如果只是一味写中短篇小说，又会怎样呢？适可而止，不去勉强自己。文学的写作，并不是后一篇就一定比前一篇好的，也不会以为一个人的影响和地位变了，思想水平提高了，小说就会越写越好，不是那么回事。

　　无奈是无处不在的。他们兄弟之间的矛盾，除了个性的原因，很大程度上出在一个女人身上，那就是周作人的日本妻子羽太信子。她是病态的。

　　1924 年 6 月 11 日，是痛苦和郁闷的一天，他在日记中写道："晴，风。晨得杨（陈）翔鹤君信。上午寄郑振铎信。寄阮和森信。往日本医院为母亲取药。寄伏园校稿。下午往八道湾宅取书及什物，比进两厢，启孟及妻突出骂詈殴打，又以电话招重久及张凤举、徐耀辰来，其妻向之述我罪状，多秽语，凡捏造未圆处，则启孟救正之，然终取书器而出。夜得姚梦生信并小说稿一篇。"

　　我们说，好女人惠及三代，他的母亲是好母亲；坏女人殃及三代，羽太信子是坏女人，周作人及其后代，都被殃及了。在好女人与坏女人之间，殃及大于惠及。

　　周作人在晚年的日记中说她，"虽是病态，然破坏所有感情，不惜破釜沉舟，真'恶魔'也"。

　　人和人是不一样的，她又何尝不是一个悲剧性的人。

"启孟真昏。"这是鲁迅对周作人的一个评价。

与有心理障碍的人交往，与患有歇斯底里症的人打交道，与偏听偏信的人相处，又能怎么样呢？

他选择了沉默和退让，无法直面的现状，需要远离。在小事上不计较，在大是大非面前，保持清醒的头脑。

他曾经想写一部以唐玄宗李隆基与杨贵妃的爱情故事为素材的长篇小说，而且，做了一些准备工作。

1924 年 7 月 7 日，他与孙伏园等一行十余人，启程去西安，14 日抵达，住西北大学的教员宿舍。他此行的目的，一是出公差，参加陕西教育厅国立西北大学合办暑期学校举行的开学仪式，二是散散心，搜集一些资料，找一找创作小说的灵感。

此次长途旅行，前后一个多月，至 8 月 12 日夜半才返回了北京。

在那里讲了《中国小说的历史的变迁》，他说："人类的历史是进化的，那么中国当然不会在例外。但看中国进化的情形，却有两种很特别的现象：一种是新的来了好久之后而旧的又回复过来，即是反复；一种是新的来了好久之后而旧的并不废去，即是羼杂。然而就并不进化么？

那也不然，只是比较的慢，使我们性急的人，有一日三秋之感罢了。文艺，文艺之一的小说，自然也如此。"

讲小说，研究小说的评论家，最好是自己去写写小说，其中的甘苦，比空头的理论家，要切实多了，往往更能说到写到点子上。

他的这次出行，并不顺心，7月23日那天，"晚与五六同人出校游步，践破砌，失足仆地，伤右膝，遂中止，购饼饵少许而归，于伤处涂碘酒。"

一路上，看到了太多假的东西、假的景点，原来想写的长篇小说，也失去了写作的兴致。

从他的通信，能读出情感的远近亲疏。

他于1924年9月24日写给文学青年（旧军人）李秉中的信，带着感情色彩，有助于认识他："我恐怕是以不好见客出名的。但也不尽然，我所怕见的是谈不来的生客，熟识的不在内，因为我可以不必装出陪客的态度。我这里的客并不多，我喜欢寂寞，又憎恶寂寞，所以有青年肯来访问我，很使我喜欢。但我说一句真话罢，这大约你未曾觉得的。就是这人如果以我为是。我便发生一种悲哀，怕他要陷入我一类的命运；倘若一见之后，觉得我非其族类，不复再来。我便知道他较我更有希望，十分放心了。其实我何尝坦白？我已经能够细嚼黄连而不皱眉了。我很憎恶我自己，因为有若干人，或则愿我有钱，有名，有势，或则愿我陨灭，死亡。而我偏偏无钱无名无势，又不灭不亡，对于各方面，都无以报答盛意，年纪已经如此，恐将遂以如此终。我也常常想到自杀，也常想杀人，然而都不实行，我大约不是一个勇士。现在仍然只好对于愿我得意的便拉几个钱来给他看，对于愿我灭亡的避开些，以免他再费机谋。我不大愿意使人失望，所以对于爱人和仇人，都愿意有以骗之，亦即所以慰之，然而仍然各处都弄不好。"

写作是需要有一种感觉的，在好的状态中，就会越写越有味道。他在 9 月 24 日这天，便处在写作的愉悦中，他收到了李秉中的信。是晴天，上午陆秀贞、吕云章来，晚去过山本医院。在这期间，他写了散文诗《影的告别》。他的个性就是，"有我所不乐意的在天堂里，我不愿意去；有我所不乐意的在你们将来的黄金世界里，我不愿去"。

知黑守白。不仅彷徨与明暗之间，他"将向黑暗里彷徨于无地"。矛盾交织着，无所谓有，也无所谓无……

同一天，他还写了《求乞者》。他看到的是灰色，在微风中，灰色的土，灰色的声音，灰色的……

"我至少将得到虚无。"

他在夜里，给李秉中回信，一封剖析自我的信。

就是从9月份起，他断断续续地写着散文诗。

后来编入《野草》的第一篇《秋夜》，写于9月15日。也只有他会那么开头："在我的后园，可以看到墙外有两株树，一株是枣树，还有一株也是枣树。"

模仿是模仿不出来的，特色就是特色，他的就是他的。

那一天，是收获写作的日子，是幸福的。

一本过去看过的书，当再次揭开变色的纸页的时候，如果有着一道道铅笔或者其他什么笔画出的线条的话，就像一个人脸上的皱纹，时光的痕迹。爱一本书，就像爱一个女人，不仅爱她年轻时的美貌，也爱她年老时苍老的皱纹。这其中含有诗人叶芝的诗意了。

《苦闷的象征》，就是这样一本值得爱的书。作者厨川白村博士，是在1923年的日本大地震中遇难的。他在1924年将书译成了中文。

"生命力受了压抑而生的苦闷懊恼乃是文艺的根柢，而其表现乃是广义的象征主义。"但又认为，"所谓象征主义者，绝非单是前世纪末法兰西诗坛的一派所曾经标榜的主义，凡有一切文艺，古往今来是无不在这样的意义上，用着象征主义的表现法的"。

创造力得于生命力的旺盛，有先知吗？人的身上存在三种本性：兽性、恶魔性、神性，在相互的冲突中，要么升华，要么堕落。先天的也罢，后天的也罢，神性是向上的理想，兽性是向下的欲望，还有恶魔性，而一个人的品性，还要看利己性和利他性的多少。

"无压抑，即无生命的飞跃。"创作与鉴赏的关系，当我们读诗的时候，如果感到就是自己写的，或就是给自己的，那就有诗的意味了。

波德莱尔写的散文集《窗户》："从一个开着的窗户外面看进去的人，决不如那看一个关着的见的事情多。"去想象吧。

喜欢来自美的发现，"非有天马行空似的大精神即无大艺术的产生"。

他对厨川白村深有好感，还译介了《西班牙剧坛的将星》、《关照享乐的生活》、《从灵向肉和从肉向灵》。做文章，真挚、诚实、贴切，才有可能打动人。诗人布莱克（1757—1827）说："一粒沙中见世界，一朵野花里见天，握住无限在你的手掌中，而永劫则在一瞬。"

出神入化的文章，读到精彩处，就想与什么人分享读书的快乐。

《论雷峰塔的倒掉》、《说胡须》、《论照相之类》……杂文的犀利，思想的睿智，见解的鲜明。

从相片谈名人的面相：凶相的尼采，苦相的叔本华，呆相的准尔特（王尔德），怪气的罗曼·罗兰，流氓相的高尔基……

《复仇》，两篇都是在 12 月 20 日这一天写的。"他即沉酣于大欢喜和大悲悯中。"

他年初在北师大附中的讲演：《未有天才之前》，经他再次校正后，登在 12 月 27 日的《京报副刊》上。

他说："即使天才，在生下来的时候的第一声啼哭，也和平常儿童的一样，决不会就是一首好诗。"天才是从泥土中走出来的，"又要不怕做小事业，就是能创作的自然是创作，否则翻译，介绍，欣赏，读，看，消闲都可以"。

守护生命的城堡
1925

看见了一个好的故事，是爱情到来时的前兆，是交了华盖运的，在伴随着快乐的同时，也有烦恼在。

守护了自己的城堡，以退为守的地方，做着想做而能做的事，时代赋予的使命感，不完美的战士依旧是战士。

还看到了笑的迷茫和爱的翔舞，在这之前，没有哪一年像这一年，写了那么多，有时是写给众人读的，有时候只是为了一个人而写，而最后还是公众的精神食粮。

这个世界上，有美的人和美的事，也就会有不美的人和不美的事。如果只有星星和月亮，而没有黑夜，那是一种什么样的感觉。

一个人就像一棵树，根扎的深不深，泥土还是沙石，贫乏还是丰美，根在哪里，也要看自己的造化了。

一篇的结束，是另一篇的开始。写作是一种呼唤，也是心灵与心灵的对话。

文学书无用吗？

什么书是有用的，在生存和温饱之后，又该如何发展自己？

在人生的长途中，谁不是匆匆的过客，但在路过的地方，在曾停留过的驿站，留下的是火种，还是其他什么。

"我终于不能证实：惟黑暗与虚无乃是实有。所以我想，在青年，须是不平而不悲观，常抗战而亦自卫，荆棘非践不可，固然不得不践，但若无须必践，即不必随便去践，这就是我所以主张'壕堑战'的原因，其实也无非想多留下几个战士，以得更多的战绩。"

1925 年的 1 月 1 日，爱神给他送来了希望。

日记："晴。午伏园邀午餐于华英饭店，有俞小姐姊妹，许小姐及钦文，共七人。下午往中天看电影，至晚归。"

许广平（1898—1968）比他小 17 岁，已听了他近两年课的北京女师大的学生，对他已有了一种暗恋的情结。他对她也有一定的好感，而孙伏园可谓是牵线的益友了。

同一天，他写出《希望》："用这希望的盾，抗拒那空虚中的暗夜的袭来，虽然盾后面也依然是空虚中的暗夜。

然而就是如此，陆续地耗尽了我的青春。"

由他们的青春而想起自己的青春，他甚而想到匈牙利诗人裴多菲（1823—1894）的诗：

> 希望是什么？是娼妓：
>
> 她对谁都蛊惑，将一切都献给；
>
> 待你牺牲了极多的宝贝——
>
> 你的青春——她就抛弃你。

处在伤感中，他已想在自己的身外，在年轻的她身上，寻找着失去了的青春，他说："我只得由我肉搏这空虚中的暗夜了，纵使寻不到身外的青春，也总得自己来一掷我身中的迟暮。但暗夜又在哪里呢？现在没有星，没有月光以至笑的渺茫和爱的翔舞……"

他还有太多的顾虑，自己能给别人什么呢？

"绝望之为虚妄，正与希望相同！"

写作的通道，灵感的门，关着还是打开，因为谁，看到了光，看到了希望？

还是元旦这一天，他不仅写《希望》，还写了《诗歌之敌》。人，爱诗歌就是爱青春，爱青春就有希望。

诗人，在痛苦中写诗，在幸福中作诗，在愤怒中创作诗，在欢喜中酝酿诗……

他说："中国的大惊小怪，也不下于过去的西洋，绰号似地造出许多恶名，都给文人负担，尤其是抒情诗人。"提到柏拉图，青年时代想当诗人，"待到自己知道胜不过无敌的荷马，却一转而开始攻击，仇视诗歌了"。

对照着他的日记，他在写作前后，交往过的人，读的书，甚而身体的状况，都会潜移默化地影响到写作。

冬天是适宜写作的，越是寒冷越渴望温暖。

他写《雪》："江南的雪，可是滋润美艳之至了；那是还在隐约着的青春的消息……"

1月24日，春节，休假，他写出《风筝》，无怨的怨，沉重的虚无感，"我还能需求什么呢"？自午至深夜，译《出了象牙之塔》两遍。

这是有诗意的月份，也不能说与一个人无关，能让人写诗的女性，她身上一定有天使的影子。

1月25日，他的日记："晴。星期休息。治午餐邀陶璇卿、许钦文、孙伏园，午前皆至，钦文赠《晨报增刊》一本。母亲邀俞小姐姊妹三人及许小姐、王小姐午餐，正午皆至也。夜译文一篇。"

许广平又一次到来了，给他带来了青春的气息。

他写出了《好的故事》："青天上面，有无数美的人和美的事，我一一看见，一一知道。"他做了一个美的梦。

他喜欢内心中有亮光的人。在 2 月，他买了《罗丹之艺术》，又买《师曾遗墨》；一个朋友英年早逝了，看看作品，算是一种缅怀吧。

也是在 2 月，应《京报副刊》的征求，他写《青年必读书》："从来没有留心过，所以现在说不出。"附注："但我要趁这机会，略说自己的经验，以供若干读者的参考。"

"我看中国书时，总觉得就沉静下去，与实人生离开；读外国书——但除了印度——时，往往就与人生接触，想做点事。"

"中国书虽有劝人入世的话，也多是僵尸的乐观；外国书即使是颓唐和厌世的，但却是活人的颓唐和厌世。"

"我以为要少——或者竟不——看中国书，多看外国书。"

"少看中国书，其结果不过不能作文而已。但现在的青年最要紧的是'行'，不是'言'。只要是活人，不能作文算什么大不了的事。"

他说的是实话，在军阀混战、民不聊生、信仰危机的背景下，青年只有行动起来，才会有希望，一旦沉湎于古书，那还有什么出路呢!

刨根问底，寻找人与人之间走近或疏远的原因。

3月8日，他的日记："寄许，袁，俞小姐《苦闷之象征》各一册。夜伏园来。"

日记是最可靠的一种见证。

3月11日，他的日记："得许广平信。夜衣萍、伏园来。"

那个已经迷上了他的课，常常坐在第一排的女生，抑制不住自己的感情，给他去信："是希望先生不以时地为限，加以指示教导的。先生，你可允许他么？"

在这里，他和她还是同义的一个字。许广平热情似火，他压抑多年的感情被点燃了。

当天，他便回了信，以广平兄相称。

他分析了自己："我连自己也没有指南针，到现在还是乱闯，倘若闯入深坑，自己由自己负责，领着别人又怎么好呢，我之怕上讲台讲空话者就为此。"他的文字如同极品的苦茶，让人清醒："我想，苦痛是总与人生连带的，但也有离开的时候，就是当睡熟之际。醒的时候要免去若干痛苦，中国的老法子是'骄傲'与'玩世不恭'，我自己觉得我就有这毛病，不大好。"

说到"歧路"与"穷途"，他有对付的法子。他说："对于社会的战斗，我是并不挺身而出的，我不劝别人牺牲什么之类就为此。"

信是交流感情的一种方式，宜于保存。真诚面对真诚，认真面向认真，激情给予激情。

你来我往，信是情感的纽带，将两颗心连在一起。

爱情激活了一个人的创造力，杰作喷涌而出、层出不穷，写作得心应手。

在《战士和苍蝇》中，他说："的确的，谁也没有发现苍蝇们的缺点和创伤。""然而，有缺点的战士终究是战士，完美的苍蝇也终究不过是苍蝇。"

在一定的高度，写作是可以触类旁通的。

他的身边聚拢了不少的文学青年，像高长虹、向培良、高歌、韦丛芜、李小峰、李霁野、曹靖华……随之，青年文学社团也应运而生。

《这是这么一个意思》，说到了酒："我向来是不喝酒的，数年之前，带些自暴自弃的气味地喝起酒来了，当时倒也觉得有点舒服。先是小喝，继而大喝，可是酒量愈增，食量就减下去了，我知道酒精已经害了肠胃。现在有时戒除，有时也还喝，正如还要翻翻中国书一样。但是和青年谈起饮食来，我总说：你不要喝酒。听的人虽然知道我曾经纵酒，而都明白我的意思。"

议论着酒，却并非专指酒，还有另一层深意，我们的酒文化与书是结缘的。读古书如饮老酒，戒是戒不掉的。引导归引导，提醒归提醒。

行文的从容、淡定，"学问藏之身，身在则有余"。读他的《春末闲谈》、《灯下漫笔》……

而更直接地认识他，还是要看他给许广平的信。在5月30日，他写道："我忽而爱人，忽而憎人；做事的时候，有时确为别人，有时却为自己玩玩，有时则竟因为希望将生命从速消磨，所以故意拼命的做。此外或者还有什么道理，自己也不甚了然。但我对人说话时，都是拣择光明些的说出……，总而言之，我为自己和为别人的设想，是两样的。"

他的确为别人着想的多，为自己考虑的少，有时，也不知道爱惜自己。

1925年8月，因教育总长章士钊非法解散北京女子师范大学，他与多数教职员组织校务维持会，被章士钊违法免职。这对他是一次打击，他起而反抗了。

8月14日，免职令发表。8月22日，走法律程序，非控诉不可，他在平政院投了诉状。

在这一事件前后，再去看他的文章，能悟出他的变与不变，守与攻，向外与向内的思索。

从6月到7月，愿读《我的"籍"和"系"》、《杂忆》、《失掉的好地狱》、《墓碣文》、《颓败钱的颤动》、《立论》、《死后》、《论"他妈的"！》、《论睁了眼看》……到8月和9月，写作受到干扰，数量少了。

他在致台静农的信中说："这次章士钊的举动，我倒并不为奇，其实我也不太像官，本该早被免职的了。"但还是要奋力反击。他的身心都不同程度地受到了影响。在致许钦文的信中说："终于决定是喝酒太多，吸烟太多，睡觉太少之故。所以现已不喝酒而少吸烟，多睡觉，病也好起来了。"

我们能不能做到，看一个人的过去，预知他的未来。而处在当下，能将当下的事做好，那么未来不就是当下的未来吗？

整个10月，他收获了两篇小说：《孤独者》和《伤逝》。

钟情于雪，他描写的雪，那么美："下了一天雪，到夜还没有止，屋外一切静极，静到要听出静的声音来。我在小小的灯火光中，闭目枯坐，如见雪花片片飘坠，来增补这一望无际的雪堆；故乡也准备过年了……"那雪景，就仿佛在眼前，他的《孤独者》，我以为是自己写给自己的。有时也会感到无聊，要活下去，"人是总应该像个样子的"。

他爱月光，在小说中，他是在写自己："终于挣扎出来了，隐约像是长嗥，像一匹受伤的狼，当深夜在旷野中嗥叫，惨伤里夹杂着愤怒和悲哀。"

人不论怎么想象，也不论如何虚构，一个人的作品不可能与自己的阅历无关。

如果认可《孤独者》是在写自己，那么，《伤逝——涓生的手记》，则是为他和许广平的爱情而写的。他那时已先想到坏的结局，在告诫她，在面临抉择的时刻，是要谨慎的。

他不愿再为她造成痛苦，不是已经有一个朱安了吗？他也不想再给自己带来悔恨和悲哀，爱情在贫穷中是苦涩的，付出的代价太大了。在热烈、纯真的爱中，常常忘却了现实的冷酷，"爱情必须时时更新，生长，创造"，以什么去维护和守候呢？

当涓生失了业，与他的被免职，有质的区别吗？自己都无法养活自己的时候，又怎么能养活他人。爱情是既理想，又现实的。失去了物质基础的爱，就像失去了泥土的花，是会枯萎的。

"我一个人，是容易生活的，虽然因为骄傲，向来不与世交来往，迁居以后，也疏远了所有旧识的人，然而只要能远走高飞，生路还宽广得很。现在忍受着这生活压迫的苦痛，大半倒是为她……"

周作人认为，小说是为他而写的。不对。小说是为女人而写的，为爱情而写的。

《伤逝》的尾声：

"我要遗忘；我为自己，并且要不再想到这用了遗忘给子君送葬"。

"我要向着新的生路跨进第一步去，我要将真实深深地藏在心的创伤中，默默地前行，用遗忘和说谎做我的前导……。"

正爱将爱的人，从中能了解爱情的心理了。

前前后后，他还写了小说《高老夫子》、《弟兄》、《离婚》，是可参照的。

这一年，他著述的量很大，选的难度也大。能不能找出最有价值的那一部分?

《从胡须说到牙齿》,文章公开了,会有反响吗?他是善于反思的:"虽然有人数我为'无病呻吟党'之一,但我以为自家有病自家知,旁人大概是不很能够明白底细的。倘没有病,谁来呻吟?如果竟要呻吟,那就已经有了呻吟病了,无法可医。"习惯难改,本性难移。

他的第一本杂文集《热风》,在11月印成了。

在《并非闲话(三)》中说:"我一生中,给我大的损害的并非书贾,并非兵匪,更不是旗帜鲜明的小人:乃是所谓'流言'。"人言可畏,"流言"是有杀伤力的。

在12月,他的译文集《出了象牙之塔》出版了。他断断续续地介绍了不少厨川白村的作品。在《从艺术到社会改造》中,有对四十岁的思考:"不惑"也罢,"惑"也罢,没有一成不变的标准。"古往今来,许多的天才和哲士,是四十才始真跨进了人生的行路,而'惑'了的。这时候,无论对于思想生活,实际生活,决了心施行自己革命的人们,历来就很不少。"

他的生活,也恰恰是在过了四十岁之后,才有了大的转机。

青春,既可以过早消失,也是可以复活的。

地火在地下燃烧，写作的热情愈加高涨。

他写于 12 月 20 日的《这个与那个》（三～四）的首篇《最先与最后》，有这样的话：

"中国一向就少有失败的英雄，少有韧性的反抗，少有敢单身鏖战的武人，少有敢抚哭叛徒的吊客；见胜兆则纷纷聚集，见败兆则纷纷败亡……

"多有'不耻最后'的人的民族，无论什么事，怕总不会一下子就'土崩瓦解'的，我每看运动会时，常常这样想：优胜者固然可敬，但那虽然落后而仍非跑至终点不止的竞技者，和见了这样竞技者而肃然不笑的看客，乃正是中国将来的脊梁。"

在一年的最后一天，他为整理好的《华盖集》写了题记，在守护住生命城堡的时候，适时地总结自己，是不幸中的万幸，也是灵魂的一种寄托。

呼吸着英雄的气息
1926

文字是有气息的，文字是有质地的，文字是有韵味的。

我在他的文字中，能呼吸到一种英雄的气息，就像在其他的文字中，感受到平庸的气息一样。

我本身也是一个平庸的人，如果不是在青年时代热爱上了他的书，以及像他那样具有英雄情结的人所写的书，那么比现在还要平庸。就在这平庸中，我欣赏弥漫着英雄气息的书，以现实为背景，以希望为灯塔，以生命写成的书。

他的1926年，忧伤而浪漫，抗争与远离，辗转与漂泊，生存的智慧，作为诗人的日子……

向死而生，荷戟独彷徨。

这一年发生了太多的事，他看到了血，年轻人的血，为理想而流的血……一切就发生在他的近处，无辜者的生命，还是学生，年长的为年幼的送葬。

在传言中，在《京报》上，他的名字也在北洋军阀政府通缉之列。生命受到了压迫与威胁，他先后暂避到了莽原社，日本人、德国人、法国人办的几家医院里，一个多月后，才返回了自己的寓所。

1926年的8月26日，他与许广平一起，同车离京，他去了厦门，许广平去了广州……

爱是一种抉择。为对方着想多于为自己着想，为对方的幸福而幸福，为对方的平安而平安。爱是文学创作的根，爱越多，根就越强壮，花就会盛开，果实也就越多。

"悲欣交集"，这就是人生。

1926年1月17日，他控告章士钊胜诉，教育部令"周树人暂署本部佥事"，"免职之处分系属违法，应予取消"。历时5个多月的官司，终于有结果了。

在写作上，他依旧是勤奋的。他在1月份，一连写了《杂论管闲事·做学问·灰色等》、《有趣的消息》、《学界的三魂》、《古书与白话》、《一点比喻》。

看他的文章，能长见识。

他幼小时便记住了长辈的告诫："你不要和没出息的担子或摊子为难，他会自己摔了，却诬赖你，说不清，也赔不完。"这话到现在还是实用的。

好文章不会过时。在《学界的三魂》中，他说："惟有民魂是值得宝贵的，惟有他发扬起来，中国才有真进步。但是，当此连学界也倒走旧路的时候，怎能轻易地发挥得出来呢？"

文字是活的，也是死的。这要看是在谁的笔下了。象形字，站立的，行走的，奔跑的，跳跃的，潜伏的，攀登的，舞动的，沉醉的，昏睡的，倒下的……，关于象形字的想象。

一支笔像不像剑，像不像戟，像不像侠客的匕首……

剑胆琴心，纵横驰骋，如入无人之境。

写到尽兴处，仅1月25日，他就创作了三篇。在《古书与白话》中，他说："只讲所说所写，作为改革道路中的桥梁，或者竟并不想到作为改革道中的桥梁。"那境界就高了，"菲薄古书者，惟读过古书者最有力……"在《一点比喻》中，山羊、豪猪、近与远、御寒、取暖……，他说："受伤是当然要受伤的，但这也只能怪你自己独独没有刺，不足以让他守定适当的距离。"寓言与寓意，文字好就好在能启发你去联想。

作家的劳动就像农民在种地、工人做工一样，区别在于前者更多的劳心，后者更多的劳力。

天道酬勤，不变的自然法则，有多少耕耘，才会有多少收获；量变是质变的前提和条件。

一个月下来，他大约要写几万字的，不可谓不勤劳了。

在 2 月 15 日，作《华盖集》后记："讲话和写文章，似乎都是失败者的象征。正在和命运恶战的人，顾不到这些；真有实力的胜利者也多不做声。譬如鹰攫兔子，叫喊的是兔子不是鹰；猫捕老鼠，啼呼的是老鼠不是猫……。"失败是一种标志，英雄在胜利的时候，没有什么，而在失败的时候，英雄才更像是英雄。正义的失败者，比卑微的成功者，更能激励人。

《狗·猫·鼠》，他的"旧事重提"之一，随之写出来了，也就是后来《朝花夕拾》的首篇。

一个人平常的阅读爱好，一直影响到了中年，像他《无花的蔷薇》那种文体，不仅好看，而且耐读。

"无刺的蔷薇是没有的。——然而没有蔷薇的刺却很多。"不是他的原话，却由他来引申了。正反两面，"有一流人之所谓伟大与渺小，是指他可给自己利用的效果的大小而言"。

"其实呢，被毁则报，被誉则默，正是人情之常。"他说："有些东西，为要显示他伤害你的时候的公正，在不相干的地方就称赞你几句，似乎有赏有罚，使别人看去，很像无私……。"

深入浅出，朴实简洁，许多年前，一读就喜欢上了。

英雄气短，儿女情长。

他3月6日的日记："旧历正月二十二日也，夜为害马剪去鬃毛。""害马"即许广平，许广平即"害马"，是他母亲在善意中说出的。也能看出，他们的爱情有所升华了。

在3月10日，从早晨起，先后写了《中山逝世后一周年》、《阿长与〈山海经〉》，文字中又多了些温情，在想念什么。

《罗曼·罗兰的真勇主义》是3月16日译的。英雄在这里指的是像贝多芬那样的人。

"——开窗来罢，放进自由的空气来罢！来呼吸英雄的气息罢！"

英雄是创造了美的人，是带来了真和善的人，"经过苦恼的欢喜"。失去了听力的音乐家，却谱写出力与美的乐曲。世界不给予他的，他就自己去创造。

"世间只有一种勇气，也就是照实地看人世，——而且爱它。"只有真实地直面人生，才有真实的作品。

罗曼·罗兰心中的贝多芬，"在他是真实即生命，也就是爱。他的心，是彻底地为积极的爱的精神所贯注的"。

在贝多芬，在罗曼·罗兰，在好的作家，在他，英雄的气息，英雄的道义，已浑然一体了。

"我，在世间，无物足以驱使我。在世间，无物不为我所有。然而我还不停止我的工作。"

理想主义的倾向，理想主义的追求，"人因为爱，所以爱"。

握住信仰的人，"神——生命——爱——为了爱的战斗。"

见义勇为，伸张正义。文字见证了历史，历史激活了文字。

1926年3月18日，"民国以来最黑暗的一天"。他写《无花的蔷薇之二》：

"中国只任虎狼侵食，谁也不管。管的只有几个年轻的学生，他们本应该安心读书的，而时局飘摇得他们安心不下。假如当局者稍有良心，应如何反躬自责，激发一点天良？"

3月25日，他前往女师大参加"三·一八"惨案中遇害的刘和珍、杨德群追悼会。写《死地》。26日作《可惨与可笑》，战斗的檄文。

4月1日，在避难中，写作《记念刘和珍君》，在悲愤、沉痛中，在死亡的阴影下，他写道："时间永是流驶，街市依旧太平，有限的几个生命，在中国是不算什么的，至多，不过供无恶意的闲人以饭后的谈资，或者给有恶意的闲人作'流言'的种子。"

请愿，弱者的请愿。

"苟活者在淡红的血色中，会依稀看见微茫的希望，真的勇士，将更奋然而前行。"

写作，最有价值的文字是有着史诗性的文字。

写作已成为他生命中最重要的一部分，即使在艰难的流离中，还是要写。

在5月，他译出了有岛五郎的《生艺术的胎》，出于一种爱。"有了爱，这才生出真来。"又说："爱者，是使人动的力；真者，是使人动的力。"

英雄便是由爱孕育出来的，是由真造就出来的，也是由美创造出来的。英雄是真善美的化身。

在 20 世纪 20 年代，他的阅读与写作，同世界上最杰出的作家相比，可谓是同步的。

1926 年 6 月 2 日夜，他写《穷人》小引，论陀思妥耶夫斯基的写作："他写人物，几乎无须描写外貌，只要以语气，声音，就不独将他们的思想和感情，便是面目和身体也表示着。又因为显示灵魂的深，所以一读那作品，便令人发生精神的变化。灵魂的深处并不平安，敢于正视的本来就不多，更何况写出来？"这段话，如果用来形容他自己，也是适用的。

只要看他欣赏什么人，读谁的书，接触什么人，如何写，也就知道他是什么人了。

他的写作，随心所欲，心血来潮，想写什么就写什么，即兴的。到 6 月 23 日作《无常》，已是"旧事重提"之五了。

从 6 月 25 日起，他着手作《马上日记》、《马上支日记》，到 7 月 8 日，写了 12 则。他说最怕做文章，也最喜欢做文章。在《豫序》中说："如果写不出，或者不能写了，马上就收场。所以这日记要有多么长，现在一点不知道。"

"马上"有什么含义？

迅速与快，马上开始，马上去做，马上结束。

德国人俾斯麦（1815——1898）说："把马套在车上的时候要慢，但是到赶马车的时候就要快了，这里就存在着人类的本性。"

他是愿为年轻的作家付出的，就是热心去办《未名丛刊》与《乌合丛书》。他说过："这是人的问题。做事不切实，便什么都可疑。"

1926 年的 8 月 26 日，是他人生的一个分水岭，从此，一个南方人，在迁徙中，又回到南方了。

之前，他作《小说旧闻钞》序言，此书由北京北新书局出版。

到处都有文化，但不见得到处都有文明。

在离开北京以前，在北师大有个讲演，由向培良整理成文稿《记谈话》，其中谈到："中国的文明，就是这样破坏了又修补，破坏了又修补的疲乏伤残可怜的东西。"

他还译了武者小路实笃的《在一切艺术》，的确，"凡是大艺术家、大文豪，都各有自己独特的技巧，而且使这技巧进步，一直到极端。不使进步，是不干休的。世间没有半生不熟的天才"。

谁也替代不了谁，谁也不会变成谁。

9 月 4 日，他抵达厦门大学，暂住生物学院三楼，25 日迁居集美楼。"此地风景极佳，食物极劣……"一切需要慢慢地适应。

写信。译出《凡有艺术品》。是的，"惟有在不能见的东西显出来的处所，才生出微妙的味道来。"……想念许广平了，就给她写信。

9月18日，创作《从百草园到三味书屋》；10月7日，记叙《父亲的病》；10月8日，是《琐记》；10月12日，写《藤野先生》……厦门不是久留之地，他要走，11月11日，接广州中山大学聘书，但还不能走。写作《写在〈坟〉后面》。他说："我的确时时解剖别人，然而更多的是更无情地解剖我自己。"一面是逝去，一面是新生。写书出书的目的，也是为了寻找知己，倘若没有，就自己写给自己。

蒙田（1533—1592）不是说过："让我们为自己活着吧……世界上最重大的事莫过于知道怎样将自己给自己。"

讲课、编讲义之余，编书、写序及后记，通信，保持与爱人与朋友的联系，能写什么就写什么。

《〈嵇康集〉考》写于11月14日。《范爱农》作于18日，在回忆中打捞着溺水的友人。记忆还在，时光已逝。

11月28日12时，他致许广平的信中，有一段话："我一生的失计，即在历来并不为自己生活打算，一切听人安排，因为那时豫计是生活不久的。后来豫计并不确中，仍须生活下去，于是遂弊病百出，十分无聊。后来思想改变了，而仍是多所顾忌，这些顾忌，大部分自然是为生活，几分也是为地位，所谓地位者，就是指我历来的一点小小工作而言，怕因我的行为的剧变而失去力量。"而在29日，就收到了许广平的信，还有毛绒背心一件，及名印一枚。

真要想读懂他的《阿Q正传》，那么，他12月3日在厦门写的《阿Q正传的成因》，是不能不去研究的。

"我常常说，我的文章不是涌出来的，是挤出来的。听的人往往误解为谦逊，其实是真情。我没有什么话要说，也没有什么文章要做，但有一种自害的脾气，是有时不免呐喊几声，想给人们去添点热闹。"

他如何写作，也只是有他自己能说清楚的。

完整地认识一个人，很难，也只能从一个一个的片段，及小小的细节中，去了解了。

他从9月到12月，在厦门的日子，是有收获的。

他在12月12日致许广平的信中，说："我之失败，我现在细想，是只能承认的。不过何至于'没出色'？天下英雄，不失败者有几人？恐怕人们以为'没出色'者，在他自己正以为大有'出色'，失败即胜利，胜利即失败。"回味无穷的信，意味深长的话。

恋爱中的人，没有不出色的，也没有不想入非非的。

只要是英雄，是无所谓失败，也无所谓胜利的。英雄的魅力在于英雄本身。

他在厦门，还写了小说《奔月》，编写《中国文学史略》，后改为《汉文学史纲要》。

一位叫法兰斯的西方人说："天才的基石是同情。"那么，我们也可以说，英雄就是最富有同情心的人了。

爱是创作的核心
1927

当一个人处于爱与被爱的状态时，可能比平时更敏感、更主动，也更有创造力。

爱，说不清，道不明。爱着谁的爱，恨着谁的恨。

是是非非，人情世故。世故多了，你方唱罢，他又上场了。变来变去，也就看明白了。

在厦门度过 1927 年的元旦，几个朋友晚上为他饯行，林语堂在陪。夜里，大风呼啸。

1 月 2 日是星期天，他收到了许广平的信，下午复信，谈到处境，以及高长虹对他的攻击："以他们的一点破碎的思想的力量，还不能将我打死。不过使我此后见人要有戒心。"爱情给他力量："我近来很沉静和大胆，颓唐的气息全没有了，大约得力于有一个人的训示。我想二十日以前，一定可以见面了。你的作工的地方，那是当不成问题，我想同在一校无妨，偏要同在一校，管他妈的。"

破釜沉舟，无所顾忌。攻击又能起什么作用呢？

也是在这一天，在厦门南普陀，在坟中间，照了一张相，他在几个文学青年的中间，冷静、平和、无所畏惧的样子。

在离开厦门之前，他译了武者小路实笃《文学者的一生》，与他的认识有共鸣：

"文学是并非因读者的要求而生，乃是由作家的要求而生的。"

"凡是文学者，总是任性的居多，而生发自己的事，便成为第一义。"

"文学是一种征服工作。是用了自己的精神，打动别人的精神的。是自己的精神动作，而别人的精神因而自动，则以作家而论，就已经成了样子了。所以精神力不多的作家，是不能成为大作家的。"

有文化，没有文化，对生活有影响吗？需要，不需要，文学又代表着什么？文学在有的人，是能改变一生的。

"别人又作别论，我是喜欢斩钉截铁的作品的；对于真，自然还须有锐利的良心。……而且愈充实就愈好；愈深，就愈好。"

懂文学，不懂文学；爱文学，不爱文学……

斩钉截铁！趁热打铁！

1月11日，他致许广平的信，是爱情的宣言：

"（一）为己，是还是念及生计问题；（二）为人，是可以暂以我为偶像，而作改革运动。"

"我有时自己惭愧，怕不配爱那一个人；但看看他们的言行思想，便觉得我也并不算坏人，我可以爱。"

他曾经犹豫过，爱，不爱；选择她，放弃她……，他处世的态度，朴素，舍得，感念，忘怀，还有什么？

他说："我可以爱！"

1月16日，乘船离开了厦门，18日，抵达广州，次日，搬进了中山大学，寓大钟楼。

爱情像沙漠中的甘泉，对一个人的写作，有着润泽的作用；心与心的贴近，女人的美，是世界上最美的风景。

他与许广平携手走到一起了。2月10日，中山大学任命他为文学系主任兼教务主任；2月18日，应约赴香港。19日夜9时，在青年会演讲：《无声的中国》，许广平为他做翻译。

下着大雨，为了听他的演讲，到会的人很多。

"所有的声音，都是过去的，都就是只等于零的。所以大家不能互相了解，正像一大盘散沙。"

他希望听到时代的声音，年轻人自己的声音，生长壮大着的，从幼稚走向成熟的声音。

他说："中国人的性情是总喜欢调和、折中的。譬如你说，这屋子太暗，须在这里开一个窗，大家一定不允许的。但如果你主张拆掉屋顶，他们就会来调和，愿意开窗了。没有更激烈的主张，他们总连平和的改革也不肯行。那时白话文之得以通行，就因为有废掉中国字而用罗马字母的议论的缘故。"

如果没有对国民性的了解，也不会说得如此透彻。这一段话，是适用于改革者的。

次日，讲《老调子已经唱完》。

从2月到3月，读书少，写作也少，还有一个适应环境的过程。4月3日，作小说《眉间尺》，在《莽原》发表，后来改题为《铸剑》了。这是一篇惊心动魄的小说。眉间尺即他，他即眉间尺，精神力，强悍，决绝，视死如归。

4月6日，作《略论中国人的脸》。脸上写着什么？智愚贤不肖；过去、现在、将来的荣枯。4月8日，在黄埔军官学校讲《革命时代的文学》，以笔为剑。

有乐于听演讲的，就去讲了，发出的是真实的声音。

4月26日，在广州的白云楼上，创作《〈野草〉题辞》："当我沉默的时候，我觉得充实；我将开口，同时感到空虚。"

他是不是感到发言有点多了，相对于演讲，还是愿意写作的，毕竟是老本行了。

在致孙伏园的信里，他说："哈哈，真是天下老鸦一般黑哉！"

读万卷书，就会写了吗？不一定。行万里路，就会写了吗？还是不一定。

行云流水，收放自如。在静中动，在动中静。没有那种阅历，也就不可能写出那种文章。

1927年5月1日，他编好了散文集《朝花夕拾》，并作《小引》。在他的文字中，总有他的人在场："我常想在纷扰中寻出一点闲静来，然而委实不容易。目前是这么离奇，心里是这么芜杂。一个人做到只剩了回忆的时候，生活大概总要算是无聊了罢，但有时竟会连回忆也没有。"

人到中年，越来越愿意追忆往事。在广州，天渐渐热了。"书桌上的一盆'水横枝'，是我先前没有见过的：就是一段树，只要浸在水中，枝叶便青葱得可爱。看看绿叶，编编旧稿，总算也在做一点事。"

是在无望中写的。在这之前,他亲历了"四·一五"事变,国民党右派在广州逮捕并屠杀革命群众。当天,他赴中山大学参加紧急会议,营救被捕学生,无效。

身为老师,爱护、救助学生是神圣的天职,却是无能为力。4月21日,向中山大学提出辞职。他的辞职,也与顾颉刚将来中山大学任职有关,"鼻来我走"。

就在那种阴影下,整理出1926年7月开始译的《小约翰》。5月31日,写《引言》,他说:"我也不愿意别人劝我去吃他所爱吃的东西,然而我所爱吃的,却往往不自觉地劝别人吃。"

6月3日,译出鹤见佑辅的《读的文章和听的文章》,分类之后,还有没有既好读又好听的文章。

6月6日,中山大学来信,同意他的辞职。一面工作着,一面打算着,到哪里去?

在走与留之间,还有着等待与闲置的时间,自己去思索,自己去选择。

整个6月,他翻译整理鹤见佑辅的文章,就有6篇。

《书斋生活与其危险》,引美国学者的话:"食和性的欲求,满足了之后,实在会有复杂的可讶的各种动机,在人心上动作起来的。"从书斋中走出来，与实际相结合。他说："公正的世评使人谦逊，而不公正或流言式的世评，则使人傲慢或冷嘲……"

《专门以外的工作》，如何看待这句话："凡伟大者，向来总不出于以此为职业的专门家之间。"为爱好与兴味而努力，在余暇中，成就超出想象。

《断想》："昨天傍晚，我走了这一段路。忽然看见对面的街道上面，大的落日正要沉下去了……，这在自己的心里，便唤起了非常的庄严之感来。"从事写作的人，有诗的情怀的人，都曾有过那种感受罢。"所谓读书，不过是打开这境地的引子罢了。"

《善政与恶政》、《人生的转向》、《闲谈》，在这末篇里，有发人深思的话："世间忙碌起来，所谓闲谈者，就要逐渐消灭下去么，那是决不然。倒是越忙碌，我们越要寻求有趣的闲谈。而证据，是凡有闲谈的名人，大抵是忙碌的人，或者经过了忙碌的生活的人。"能闲出品位的人，不容易，闲适的生活是需要有资本的。相信"没有闲谈的世间，是难住的世间，不知闲谈之可贵的社会，是局促的社会。而不知道尊重闲谈的妙手的国民，是不在变化发达的路上的国民"。

从 7 月到 8 月，他过着似乎是"有闲"的日子，不是无所事事，是自我的休整。

研究古书已成嗜好。《史通通释》、《东塾读书记》、《太平御览》、《清诗人征略》、《游仙窟》……

还写了《略谈香港》、《〈朝花夕拾〉后记》、《关于小说目录两件》，又作《辞顾颉刚教授令"候审"》，与其开了个"小玩笑"。

他的古文底子厚，所写《书苑折枝》，信手拈来，回味无穷："余颇懒，常卧阅杂书，或意有所会，虑其遗忘，亦慵于钞写，但偶夹一纸条以识之。流光电逝，情随事迁，检书偶逢昔日所留纸，辄自诧置此何意，且悼心境变化之速，有如是也。长夏索居，欲得消遣，则录其尚能省记者，略加案语，以贻同好云。十六年八月八日，楮冠病叟漫记。"

有意味的东西，摘录出来，与人同享。

"唐欧阳询《艺文类聚》二十五引梁简文帝《诫当阳公大心书》：立身之道，与文章异。立身先须慎重，文章且须放荡。"好的章句，在不断地引申中发扬光大。引要会引，引也需要见识。认同什么引什么，爱好什么引什么。气息相近，情趣相投。在读书中，找寻有意义的东西。能想到，敢说出。同样的文字，逆向思维，反过来说，道理也是一致的。一思考，自己先笑了。

听一个人讲话，能听出他的水平吗？读过多少书，做过什么事，有多少思考？

讲演词，像他写的序跋一样精彩。话是切实的，从心里说出来的，实打实的。7月16日在广州知用中学讲的《读书杂谈》就是例子。从职业的读书说到嗜好的读书，像打牌一样，一页一页的，一张一张的，变幻无穷，趣味无穷。

他提炼出三点，需要引起注意：

"第一，是往往分不清文学和文章。……研究文章的历史或理论的，是文学家，是学者；做做诗，或戏曲小说的，是做文章的人，就是古时候所谓文人，此刻所谓创作家。"（两者可以互不相关，在他却是和谐统一的。）

"第二，我常被询问：要弄文学，应该看什么书？"他说到了旧的张之洞的《书目答问》新的本间久雄的《新文学概论》、厨川白村的《苦闷的象征》、瓦浪斯基们的《苏俄的文艺论战》之类，要自己去想。

"倘要看看文艺作品呢，则先看几种名家的选本，从中觉得谁的作品自己最爱看，然后再看这一个作者的专集，然后再从文学史上看看他在史上的位置；倘要知道得更详细，就看一两本这人的传记，那便可以大略了解了。如果专是请教别人，则各人的嗜好不同，总是格不相入的。"

"第三，说几句关于批评的话。"他的意思，可听，

可不听。自己观察，自己思索，自己作主。"尽信书，则
不如无书。"

泛读与精读，所读的书活起来，人也就活起来了。人
是不能脱离开社会实践的，生活是一部大写的书。

在8月22日至24日，他编《唐宋传奇集》并作札记《稗
边小缀》；他是闲不住的。

9月是一个值得纪念的月份。他出生在1881年9月
25日，（他的儿子出生在1929年9月27日），在1927
年9月27日，他偕许广平乘"山东"轮，离开广州，赶
赴上海，10月3日抵达。

秋高气爽的日子，在不间断地写作着，如果连通信加
上，有24篇之多。他挣扎着，从那"淡淡的血痕"中走出来。

《怎么写——夜记之一》是要看的。从写什么到怎么
写，也提到了朋友郁达夫："凡文学家的作品，多少总带
点自叙传的色彩的，若以第三人称来写出，则时常有误成
第一人称的地方。"他说："散文的体裁，其实是大可以
随便的，有破绽也不妨。做作的写信和日记，恐怕也还不
免有破绽，而一有破绽，便破灭到不可收拾了。"

从只言片语中，有心的人，能有所悟。

他的《小杂感》写于 9 月 24 日，真好！他说：

"蜜蜂的刺，一用即丧失了它自己的生命；犬儒的刺，则苟延了他自己的生命。"

"他们就是如此的不同。"

彻悟，智者的话：

"与名流学者谈，对于他之所讲，当装作偶有不懂之处。太不懂被看轻，太懂了被厌恶。偶有不懂之处，彼此最为合宜。"

"人感到寂寞时，会创作；一感到干净时，即无创作，他已经一无所爱。"

"创作总根于爱。"

"一见短袖子，立刻想到白臂膊，立刻想到全裸体，立刻想到性交，立刻想到杂交，立刻想到私生子。"

"中国人的思想惟在这一层能够如此跃进。"

言简意赅。一句能顶多少句？以少胜多。

9 月 25 日致信台静农，拒绝了诺贝尔文学奖的提名。

在上海，一切从头开始。

10 月 8 日，由旅馆迁入东横滨路景云里二十三号，与许广平有了一个共同的家。

从 10 月到 11 月，写作量明显减少，至 12 月又多了起来。在《革命文学》中，他说："我以为根本问题是在作者可是一个'革命人'，倘是的，则无论写的是什么事件，用的是什么材料，即都是'革命文学'。从喷泉里出来的都是水，从血管里出来的都是血。"

还曾往劳动大学讲《关于知识阶层》。写《在钟楼上——夜记之二》。

12 月 18 日，应蔡元培聘请，任国民政府大学院特约撰述员，月薪足有 300 元，这笔收入一直延续到 1931 年 12 月，达 49 个月之久，期间并未拖欠，是他到上海后的最为可靠和固定的收入。这样以来，他可以更专注地去写作了。

之后，又有了《文艺与政治的歧途》、《卢梭和胃口》、《文学和出汗》、《文艺和革命》、《谈所谓'大内档案'》……

在 1927 年最后的一天，李小峰请客，他和许广平、郁达夫、林语堂及爱人、三弟周建人等晚餐，结果，饮后大醉，回家呕吐。

态度气量和年纪

1928

1928 年，对他来说，生存和温饱已不是太大的问题了。但在"十里洋场"的上海滩，要过一种自尊的生活，保持人格的独立，精神上的自由，不至于陷入"官场帮忙"与"商场帮闲"的窘境，需要有物质上的保障，说穿了也就是需要钱的支撑。

钱从哪里来？他已经 47 岁了，在世俗的评价中，俨然有些老了。他失去了固定的职业，在 20 世纪 20 年代的上海，势利眼无处不在，金钱至上，如果说那是富人的天堂，也就是穷人的地狱了。不能不正视现实，他少年时代出入于质铺和药店的经历："总之是药店的柜台正和我一样高，质铺的是比我高一倍，我从一倍高的柜台外送上衣服或首饰去，在侮蔑里接了钱，再到一样高的柜台上给我久病的父亲去买药。"对他是刻骨铭心的，少年时代痛苦的记忆深刻地影响了他的一生。他比常人更懂得没有钱为父亲治病的苦楚。

"根据光华书局1927年出版的《中国劳动问题》资料可以知道，在20——30年代，以一个上海市民的五口之家为例，家庭收入每月在200元以上的为中上等阶层，每月100元至200元的为中等阶层，每月66元为一般市民阶层，而贫民阶层的收入则不足30元。"（《漫话老上海知识阶层》，李康化著，上海人民出版社）

陈明远对《鲁迅日记》作了统计、归纳、研究：鲁迅"1928年共收入5971.52元，平均每月497.63元，其时已开始每月领取大学院特约撰稿费月薪300元，去除这300元，鲁迅来上海前未预计内的收入，实际每月收入为197.63元"。

经济是基础，否则，一切都是空中楼阁。而仅有钱是不够的，比钱更重要的是精神生活。

上海的冬天是阴冷的。从1928年1月31日致李霁野的信中，不难看出。"此地下雪，无火炉，颇冷。"日记中，记录着雨，昙，晴……

写作既是爱好，也已经成为一种谋生的方式了。他译出了板垣鹰穗的《近代美术史潮论》。对美术的兴趣，由来已久。他喜欢美的画，美的图，美的东西。他通过内山书店，买过《世界美术全集》。

他在2月23日写《"醉眼"中的朦胧》，在上海就关注上海，在自己则剖析自己："要而言之，就因为先前可以不动笔，现在却只好来动笔，仍如旧日的无聊的文人，文人的无聊一模一样。"他说："我并不希望做文章的人去直接行动，我知道做文章的人是大概只能做文章的。"人不论做什么，做好了都是难的。

"不远，总有一个大时代要到来。"

从2月24日致台静农的信，能了解他那时的状态："我在上海，大抵译书，间或作文；毫不教书，我很想脱离教书生活。心也静不下，上海的情形，比北京复杂得多，攻击法也不同，须一一对付，真是糟极了。"名气大了，是好事，也是坏事；林子大了，什么鸟都有。

有生命力的美术作品，是吸引他的。在3月14日夜，写《看司徒乔君的画》，在青年画家身上看到希望："我知道司徒乔君的姓名还在四五年前，那时是在北京，知道他不管功课，不寻导师，以他自己的力，终日在画古庙，土山，破屋，穷人，乞丐……。"倔强，爽朗，热烈，人的魂灵，天使，欢喜的萌芽。

上海是能人聚集的地方。在乱世当中，什么危险都可能发生。3月16日，他夜译书至晓。他家的窗门被枪击一洞，警察与绑匪的较量，各有伤亡。所幸没有伤着他。

像先前译厨川白村一样，他又专注于鹤见佑辅的译介。他一连译了8篇，并作《思想·山水·人物》题记。他说："世上还没有尽如人意的文章，所以我只要自己觉得其中有些有用，或有些有益，于不得已如前文所说时，便会开手来移译……"

一个人的工作方式，一个人的做事风格，"我太落拓，因此选译也一向没有如此之严，以为倘要完全的书，天下可读的书怕要绝无，倘要完全的人，天下配活的人也就有限。每一本书，从每一个人看来，有是处，也有错处，在现今的时候是一定难免的"。

为自己留有余地，能迂回，可进可退。他提到《论办事法》给过他许多益处。"我素来的做事，一件未毕，是总是时时刻刻放在心中的，因此也易于困惫。那一篇里面就指示着这样的脾气的不行，人必须不凝滞于物。"我们身上是不是也有这种弱点，拿得起，放不下，太把有些事当事，也就不够从容、淡定、放松，人越是保持平常心，就越出活路。

做事的认真、有条理，学习起来也便捷。像《读书的方法》，从添朱线、做记号，到一面读，一面摘录，做成拔萃簿；再读，熟读深思自知明；像写《罗马盛衰史》的吉朋："我每逢得到新书，大抵先一瞥那构造和内容的大体，然后合上那书，先行自己内心的实验。我一定去散步，对于这新书所论的题目的全体或一章，自问自答，我怎么想，何所知，何所信呢？非十分做了自己省察之后，是不去翻开那一本书的。"

当我们拿到一本书的时候，就像面对一个人，如何了解他或她外在的感受、内心的品性，从初始的印象，到回味的感觉。有的可学，有的学不来。

《论办事法》，是从英国人那里照搬的，八点建议：一，文件的分类。二，不无端摩弄。三，于心无所凝滞。四，整顿。五，写字的时候要慢慢地写。六，整顿文件要自己动手。七，集中心。八，冥想时间的隔离。

值得借鉴，也可提醒着自己，会办事，是一种能力，也是生活的本领。

《语丝》是他发表作品的阵地，他许多的杂文，就刊登在那里。

《文艺与革命》是他回复冬芬的一封信，开门见山："我不是批评家，因此也不是艺术家，因为现在要做一个什么家，总非自己或熟人兼作批评不可，没有一伙，是不行的，至少，在现在的上海滩上。"

孤零零的，一个人的奋战，是不行的，要有自己的团队，要寻志同道合的人。

他的小品文，很有意味。比如《扁》，简洁明快："中国文艺界上可怕的现象，是在尽先输入名词，而并不绍介这名词的函义。"外来的之乎者也。无的放矢，没有挂上的匾额，空对空，虚对虚，谁与谁在比眼力，在哪里争来争去。他说："在文艺批评上要比眼力，也总得先有那块匾额挂起来才行。空空洞洞的争，实在是只有两面自己明白。"现在想来，恐怕有些事连他们自己也不见得明白吧。

他的批评，引来被批评。他的好意，也会带来误解。

在 4 月 20 日，他作《我的态度气量和年纪》，前提是有人已瞄准上他了。刺激性的话，"论战"有对手吗？

健康是写作的基石，疾病会不同程度地影响到写作。

这个 5 月，是灰色的。在他的日记中，既有两次服阿司匹林的记录，又有前后四次往福民医院诊的记载。身体出现问题了。

一个月没有写，也没有发表文章，在他这些年是不多见的。只有简短的书信，以及更简短的日记。

在 5 月 4 日致章廷谦的信中写道："第四阶级文学家对于我，大家拼命攻击。但我一点不痛，以其打不着致命伤也。以中国之大，而没有一个好手段者，可悲也夫。"又调侃衣萍的一篇自序："诚然有点……今天天气，哈哈哈……"

这与象征派诗人李金发，也有联系。而在 5 月 30 日写给章廷谦的信中，说到自己："有些生病，而且肺病也说不定，所以做工不能像先前那样多了。"

到了 6 月，从翻译入手，移译了俄国布哈林、西班牙巴罗哈的文章。6 月 20 日，与郁达夫合编的《奔流》月刊创刊。

他与章廷谦通信，能说说心里话："我酒是早不喝了，烟仍旧，每天三十至四十支。不过我知道我的病源并不在此，只要什么事都不管，玩他一年半载，就会好得多。"

上海的夏天是炎热的。在夏天写作常常不如冬天出活。7 月像是 6 月的翻版，也没有恢复到原有的写作状态，在自我的调整中。

"我生活经费现在不困难，但琐事太多，几乎每日都费在这些事里，无聊极了。"上海太热，夜又多蚊，不愿做事。

《奔流》占去了他不少时间。他身上最可贵的地方，是奉献，为社会，为扶植年轻人，写作，也只是奉献的一部分而已。

看一个人，不仅要看他强健的时候，还要看他柔弱的时候，人都是复杂的。

"我总觉得我也许有病，神经过敏，所以凡看一件事，虽然对方说是全都打开了，而我往往还以为必有什么东西在手巾或袖子里藏着，但又往往不幸而中，岂不哀哉。"(《致章廷谦》8月15日)

他于9月9日下午由上海景云里二十三号移居十八号屋。搬家，够麻烦的，在他似乎已经习惯了。

做事过于认真，易于疲惫。连《奔流》的编校，以及后记，他也要自己去做。他那时意在推介罗丹的艺术。思想者的觉醒，罗丹的雕刻代表了人性的复苏，人间的苦色与生命的激情。

翻译是不曾放下的，从《伊孛生的工作态度》，到《贵家妇女》，再到《食人人种的话》、《捕狮》，只要是觉得有意思，便着手去做。

日本作家片上伸在这6年前，曾在北京大学演讲《北欧文学的原理》，他将其译为中文。有一段话："倘从人生全体来想，则失败最多的，是青年时代。对于这失败和破坏，我们是万不可畏惧的。惟这青年时代，虽有许多失败和破坏而在寻求真理这一点，却最为热心。又从别一方面想，什么是最为大学的价值呢？这并非因为知识多，而在富于为了真理，便甘受无论怎样的经验苦痛的热情和勇气。有着热情和勇气的大学，是绝不会灭亡的，而且作为大学的价值，也足够。"

他在10月9日的附记中说，当年的演讲，他也在场，而作者已于三月去世了，他译介《壁下译丛》的目的，是为了一种纪念。

他从来都是关心政治的，也是懂政治的。他对国民的认识，对国情的分析，对自我的把握，是那个时代罕见的。

从6月20日到10月20日，登在《奔流》5期上的《苏俄的文艺政策——关于文艺政策座谈会速记录》，与时俱进的理论，是影响时代进程的文献。

"剑戟一发声，诗人便沉默。"文学的复活，批评的问题，派别的区分……

《而已集》于 10 月出版了，他曾在 1926 年 10 月 14 日夜里写过几句话，放在那本杂感集的末尾，却又作了 1927 年的杂文集的题辞。时光既有情，又无情，而有价值的东西，依旧有价值。

> 这半年我又看见了许多血和许多泪，
> 然而我只有杂感而已。

> 泪揩了，血消了；
> 屠伯们逍遥复逍遥，
> 用钢刀的，用软刀的。
> 然而我只有杂感而已。

> 连"杂感"也被"放进了应该去的地方"时，
> 我于是只有"而已"而已！

什么是诗，这就是诗，锋利无比，一剑封喉！

我读王小波的《书信集》，看到他写给艾晓明的信，借维纳的话说："艺术家、科学家与棋手不同，棋手的成败取决于他的最坏状态。艺术家是反棋手，一切取决于他的最好状态。"

写作就是这么回事。一个作家最优秀的作品一定产生在他灵感到来的时候，有激情，有感觉，有知识的储备，精品也就应运而生了。谁都可能有败笔，有失策，但还有修改的可能，这也是未定稿与完成稿的差别。

《在沙漠上》是前苏联作家 L·伦支的作品，他将其移译出来了。那是 11 月的劳作。又译 V·理定的《琴》，开头引莱尔孟多夫的诗：

> 快些，歌人啊，快些。
>
> 这里有黄金的竖琴。

他在附记中说："对于描出血和污秽——无论已经过去或未经过去——的作品，也就没有畏惮了。这是所谓'新的产生'。"

上海是国际化的大都市，什么人都有，世界文艺的潮流，各种信息，纷至而来。

他在第 6 期《奔流》的编后记里，说到蕗谷虹儿的画，书刊是需要配图的，"这一幅专用白描，而又简单，难以含糊，所以也不被模仿，看起来较为新鲜一些"。他是爱画的，也是懂画的。

他的文字，连同译文，有画面感，让读者如临其境。

在前苏联作家Ｋ·斐定的《果树园》里，"融雪的涨水，总是和果树园的繁花一起的"。乡村的景象，美的家园："后面接着荒野，点缀着苦蓬和鸟羽草的团簇，枯了似的不死草的草丛和野菊；中庭的短墙和树篱上，是蔓延着旋花。"

他还译了法国诗人阿波里耐尔的散文诗《跳蚤》，他对新鲜的东西保持兴趣。

12月6日，《朝花》周刊创刊。这是由他和柔石、崔真吾、王方仁、许广平等组成的朝花社编印的。文学社团的兴起，要实实在在地做些有益于人，也有益于己的事情。

在12月30日，他还以奔流社同仁的名义，写作《敬贺新禧》：

> "过了一夜，又是一年，人既突变为新人，文也突进为新文了。……惟敝志原落后方，自仍故态，本卷之内，一切如常，虽能说也要突飞，但其实并无把握。为辩解起见，只好说自信未曾偷懒于旧年，所以也无

从振作于新岁而已。"

他的文风，是很难模仿的。从内向外的美。在岁末，他还译了一章《最近俄国文学史略》，他是不是也是这样想的："我并不求名，是乘兴而作的。在我，写作是愉快而有益，所以写作的。"

论述卢梭，那是谁说的："卢梭的著作的大半，是恰如我自己所写一般，与我非常亲切的。"

当我们阅读一个作家，如果感到他的书就像自己写的一样时，那就融入进去了。

为人生，也为艺术

1929

艺术是一个魅力四射的词。有为人生的艺术，也有为艺术而艺术的，但归根结底，艺术是生命的一种升华，是诗意的一种境界。人生与艺术，谁也离不开谁。

当人生艺术化了的时候，品味也就上去了。与艺术同行是幸运的。

一个城市的标志，很大程度上取决于它的艺术。艺术渗透在城市的方方面面，人文的，地理的，时尚的。一座楼房，一条街道，一片园林，一件雕塑，一幅书画，一部电影，一首乐曲，一本书，一个人……无不与艺术有关。

艺术不仅美化环境，而且能改变人生。

如果说，19世纪艺术的中心在巴黎，那么到了20世纪初，艺术已呈现出多元化的格局：巴黎、纽约、柏林、彼得堡、上海……

他在上海定居已一年多了，经济状况有很大的改善，"1929 年共收入 15382.334 元，除去教育部（前身为大学院）14 个月薪金 4200 元，平均每月收入为 931.86 元"（陈明远）。相对来说，人有了余裕心，会更关注艺术。

艺术与诗同在。看似没有用，但恰恰在这一点上，却是最有意义和价值的东西。

谁都可以为艺术下定义。艺术以其丰富性、演变性、纯粹性，注定是说不尽的。

从 1928 年 12 月 27 日至 1929 年 1 月 10 日，《朝花》跨年度刊载了他译的《〈雄鸡和杂馔〉抄》。"艺术是肉之所成的科学。"如何去理解？"青年莫买稳当的股票"是含有哲理的，青年时代的冒险与激进，是老年的财富，失败是正常的，还有输得起的资本。"艺术家不跳阶段。即使跳上，也是枉费时光。因为还需一步一步从新走过。"又说："真的艺术家，是始终活动着的。"就像写诗的功夫在诗外一样，"不要从艺术作艺术"。法国诗人的话，是对艺术的感悟。

在 1 月 20 日，他写《〈近代木刻选集〉小引》。他的文字带着寓言的色彩，引申出去，给读者更多联想的空间。

"中国古人所发明，而现在用以做爆竹和看风水的火药和指南针，传到欧洲，他们就用在枪炮和航海上，给本师吃了许多亏。还有一件小公案，因为没有害，倒几乎忘却了。那便是木刻。"

传统文化的回归，以刀代笔，以木代纸，以石代纸，木刻、石刻也是国粹了。不仅重在形式，更要侧重内容，两者的统一，就创造出艺术品了。

"参天之木，必有其根；怀山之水，必有其源。"

他译出了日本作家千叶龟雄的《一九二八年世界文艺概观》，写《〈蕗谷虹儿画选〉小引》，还翻译了画家的诗。

"我的艺术，以纤细为生命，同时以解剖刀一般的锐利的锋芒为力量。"

"我所引的描线，必须小蛇似的敏捷和白鱼似的锐敏。"

"我的思想，则不可不如深夜之暗黑，清水之澄明。"

2月14日，译成片上伸《现代新兴文学的诸问题》，并作《小引》，作者有最为热烈的主张，繁复曲折的文笔，是新兴的希望。

"只靠一只燕子，春天是不来的。"

"新时代的文学，是屹立于大地之上，在大众之中，和大众一起生活的。"

论文引用列宁《经验批判》里的话："人类的思索，在那本质上，是能将绝对的真给予我们，而且也在给予的，然而那真，是从相对底真实的总和，迭积起来的东西，科学的发达的一步一步，则于这绝对真的总和上，添以新的珠玉。"

2月21日的晚上，他又搬了一次家，移居景云里内十七号屋。

他那时不断地致力于翻译。在3月22日致韦素园的信里，对所谓重创作而轻翻译的现状很不满。当时创造社就有一种说法："创作是处女，翻译是媒婆。"他认为："将这些功夫，去看外国作品，所得的要多得多。"前人种树，后人乘凉，至今，上海翻译界出的书，还是信得过的，那里有优良的传统。

4月20日，他为《比亚兹莱画选》作《小引》。一位只活了26岁，死于肺病的英国天才画家。他寄予深刻的同情："生命虽然如此短促，却没有一个艺术家，作黑白画的艺术家，获得比他更为普遍的名誉；也没有一个艺术家影响现代艺术如他这样的广阔。比亚兹莱少时的生活底第一个影响是音乐，他真正的嗜好是文学。除了在美术学

校两月之外，他没有艺术的训练。他的成功完全是由自己
获得的。"

忘了是谁说的了，大意是，没有人是艺术家，也没有
人不是艺术家。这就看我们怎么认识了。

就在同一天，他校完了《壁下译丛》，写《小引》。
为读者提供借鉴和参考，从中有所领会，是他译书的初衷。

无论创作也罢，翻译也罢，首要的是作品的质地。不
认真读书、学习，没有一定的知识积累，没有仔细的观察
与思考，一切都是虚妄的。

"艺术者，始终是创造。无创造，即不得有艺术的更新。
无创造，即不能有旧艺术的破坏。"（《阶级艺术的问题》，
片上伸）

优秀的翻译作品，就是作家的二次创作。

"否定是力。"片上伸《"否定"的文学》，"在这
里有俄国文学的力。有下地狱而救了灵魂者的凄惨和欢欣，
和力量。"

《壁下译丛》是一本有关艺术的书。像青野季吉的《艺
术的革命与革命的艺术》："艺术者，不消说，是个人的所产。
个人的性情和直接的经验在这里造出着就照个人之数的色

彩，是当然的。"还有更凝练的话："艺术家的特性之一，是深切的具有着万人之所有的东西。"一位艺术家的身上，有多少人的优点，就有可能有多少人的弱点，一切的一切，还是要落实到人性上。

艺术引导着他的兴趣。他还移译了苏联卢那卡尔斯基的《艺术论》。从中摘录几句有益的话：

"人，是一切事物的尺度。"

"凡是直接有利于生命的一切东西，即伴着直接的积极地兴奋，给生命以障害的一切东西——则伴着消极地兴奋。"

处在兴奋中的人，才有创作的自觉。在兴奋过后，需要补足能量，为自己充电，而读书恰是最佳的方式之一。

在俄罗斯文学、日本文学、中国文学之间，由于他的存在，在那时候形成了绿色通道，与世界文学接轨。

4月26日，为《近代世界小说集》作《小引》，定位在："我们——译者，都是一面学习，一面试做的人，虽于这一点小事，力量也还很不够，选的不当和译的错误，想来一定是不免的。我们愿受读者和批评者的指正。"

从1926年8月26日离开北京，辗转厦门、广州，最终落户上海，已是三个年头，也该回北京看看了。而且，许广平已经怀孕几个月，不能再拖了。于是，他在1929年5月13日启程，15日到了北京，探望母亲。连夜给许广平写了信，以乖姑、小刺猬相称，文末不署名，画了一只小白象。

从他的多封信里，了解家庭的情况："母亲的记忆力坏了些了，观察力注意力也略减，有些脾气，近于小孩子了。"又谈到往日的朋友。

5月22日，在燕京大学国文学会上演讲《现今的新文学概观》，涉及到当时的诗人、作家，客观的评价，然后，总结为"多看些别国的理论和作品之后，再来估量中国的新文艺，便可以清楚的多了。更好是绍介到中国来；翻译并不比随便的创作容易，然而于新文学的发展却更有功，于大家更有益"。

他写给许广平的信，就像是面对面的聊天，家常事，身边事，有时一天写两封，有时一天一封，有时隔一天一封，还提到了丛芜告诉他的一件事："长虹写给冰心情书，已阅三年，成一大捆。今年冰心结婚后，将该捆交给他的男人，他于旅行时，随看随入海中，数日而毕云。"真是不幸的痴情人。

北大想约他去教书，以"心浮气躁"为由回绝了。

两个人的通信，是亲密的，在想念中，牵挂中，惦记中……

6月3日，乘车南返，5日回到上海。

家是避风的港湾。

翻译有价值的文章，是一种使命，也是职业。

在亚洲，那时日本无疑是最善于向西方学习的，不论是科学技术，还是文学艺术，都走在了前沿。

他之翻译日本的书，也是为了缩短相互之间的距离，即使是对手和敌人，也要学习对方的长处，这样才能进取。

《爱尔兰文学之回顾》是日本野口米次郎的作品，他是认同的："倘若是开了的花，时候一到，就要凋零的罢。我在文学上，也看见这伤心的自然的法则。"文学遵循它自身的规律。

7月28日，他为叶永蓁的《小小十年》作《小引》，能读出他对青年作者的爱护，他寄希望于有新思想的书，不矫揉造作，渴望新吐的光芒。

整个8月，他重点翻译苏联卢那卡尔斯基的论文《艺术是怎样发生的》。"人类是为了生存之外，还为了享受人生，尝味快乐而活着的。"那问题，谁能准确回答？"人类愿意许多的刺戟，而同时也寻求安静。"《今日的艺术与明日的艺术》，"在将来的社会里，尽最本质底的执掌者，是艺术。"这可能吗？那谚语："灵感是不能卖的，但是那文章却能卖。"

了解批评家，就不能割裂俄国的背景："昨日作为贵的，今日以为贱，今日作为贱的，明日以为贵。"（日本·尾濑敬止）

为柔石作《〈二月〉小引》，就是后来由小说改编成电影的《早春二月》了。

不论一个人的位置高低、影响大小，对家庭来说，孩子的出生是一件大事。更何况他已经是近50岁的人了。

1929年9月27日，晨8时，许广平在上海福民医院生一男孩，母子均安。他是有情趣的，在28日，买文竹一盆，赠给许广平，还往内山书店买了文艺书五种共9本。30日，去医院结账，计136元。10月1日，与许广平商定，为子取名海婴。

在这十几大前，他为许霞（广平）的《小彼得》作《译本序》。他说："凡学习外国文字的，开手不久便选读童话，我以为不能算不对，然而开手就翻译童话，却很有些不相宜的地方，因为每容易拘泥原文，不敢意译，令读者看得费力。"说到意义："也许可以供成人而不失赤子之心的，或并未劳动而不忘勤劳大众的人们的一览，或者给留心世界文学的人们，报告现代劳动者文学界中，有这样的一位作家，这样的一种作品罢了。"有关自己，或亲人朋友的文字，朴素而低调，平和而真实。

10月10日，上午又去富民医院付住院费70元，女工护理费20元，杂工费10元。这样算来，共花去了236元，根据他的日记得来的数字。而到12日，他又请日本画家秋田义一为海婴画像，花去15元。一个孩子的生活开销往往比一个成年人要多。也是在这一天，他译完了蒲力汗诺夫的《艺术论》。"对于艺术，也如对于一切社会现象一样，是从唯物史观的观点在观察的。"

那时他日常的生活，可以从他10月16日致韦丛芜的信里了解："仰卧——抽烟——写文章，确是我每天事情中的三桩事，但也还有别的，自己恕不细说了。"

从日记中还能看出，他的三弟周建人在上海，互相之间也是很好的帮手。生存离不开亲人和朋友的互助。

他写给章廷谦的信，是交心的，恳切之言："收心读书，是很难的，我也从幼小时候想起，至今没有值得提起的事情，仍是打杂……"

翻译上的事，做顺手了，看书目，翻译的数量是很大的，也是生活的一种需要。

从11月到12月，关注俄罗斯文学，《洞窟》、《恶魔》、《契诃夫与新时代》。

"当凋零和死灭的悲哀的秋季，人们辛辛苦苦地苟延着他的生存……"这是高尔基的话。

契诃夫是医生，他曾经学过医学，是严谨的。俄国评论家认为："契诃夫式观念，即酿成这样的氛围气里，他是脱掉一切思想底倾向的束缚，解放了自己的才能的作家。"他也是有很强的思想倾向，同样解放了自己的文学家。

在12月，作《我和语丝的始终》，理清了人与人之间的恩怨，文化人之间的关系。艺术是需要力量的，他感喟道："因为毁坏旧物和戳破新盒子而露出里面所藏的旧物来的一种突击之力，至今尚为旧的和自以为新的人们所憎恶，但这力是属于往昔的了。"

事情的不同侧面
1930

许多年，他将人类优秀的精神食粮拿来，与大众分享；以自己的方式，盗来火种，带来文明之光。

一面是为他人铺路，向前走；一面是做人梯，向上走，也可称为梯子精神。

帮助那些值得帮助的人，扶植那些值得扶植的人，拯救那些值得拯救的人，有一分力就出一分力，有一丝光就发一丝光，有一点热就献一点热。

博尔赫斯说："世上所有的事，都是一件事的不同侧面。"人生有太多的局限与禁忌，而最先突破局限的人，最早冲出禁忌的人，就是改革者与先行者。

做什么事做好了，都需要能力，需要头干的精神。自己先将自己的生活、事业打理好，然后，才有余力去为他人做更多有意义的事。

笔耕不辍，天道酬勤。

他"1930 年共收入 15128.895 元，除去教育部 9 个月薪金 2700 元，平均每月收入为 1035.74 元"（陈明远）。

人到了一定的年龄，对收支情况，是不能不关心的。人的付出与收获，基本成正比。

1930 年 1 月 1 日，他的日记："雨，无事。"

《萌芽》月刊第一卷第一期上，刊载了他的杂文《流氓的变迁》。

"孔墨都不满于现状，要加以改革，但那第一步，是在说动人主，而那用以压服人主的家伙，则都是'天'。"

"孔子之徒为儒，墨子之徒为侠。'儒者，柔也'，当然不会危险的。惟侠老实，所以墨者的末流，至于以'死'为终极的目的。到后来真老实的逐渐死完，止留下取巧的侠，汉的大侠，就是已和公侯权贵相馈赠，以备危急时来作护符之用了。"

以人为本，以史为鉴。

"司马迁说：'儒以文乱法，而侠以武犯禁'，'乱'之和'犯'，绝不是'叛'，不过闹点小乱子而已，而况有权贵的'五侯'者在。"

在 20 世纪 70 年代，因为伟人毛泽东的论述，连当时十几岁的学生对这一段话都有很深的印象："一部水浒，说得很分明：因为不反对天子，所以大军一到，便受招安，替国家打别的强盗——不'替天行道'的强盗去了。终于是奴才。"

写作有一种联动性，越写越想写，越不写越不想写；自己对自己的联动……

同一期的《萌芽》，还有他的另一篇杂文《新月批评家的任务》。他总能写到点子上，"新月社中的批评家，是很憎恶嘲骂的，但只嘲骂一种人，是做嘲骂文章者。新月社中的批评家，是很不以不满于现状的人为然的，但止不满于一种现状，是现在有不满于现状者。"

文学艺术上，有生物链，互生互长，相克相生。如果只有一种声音，也就不免单调了。百花齐放，百家争鸣。于读者有益，在对比中取舍，在对照中扬弃。

1 月 16 日的日记："昙，晨被窃去皮袍一件，午后上街取照片。"译岩崎昶《现代电影与有产阶级》。1 月 24 日作文艺评论《"硬译"与"文学的阶级性"》，对梁实秋批评的反批评。

思想者提出问题，实践者去解答。爱因斯坦的话："提出问题比解答问题更要艰难。"如果没有问题的提出，也就无从着手去解决了。

在 2 月，他译本庄可宗的《艺术与哲学，伦理》。"艺术并不是创造于哲学的指导之下的东西。"那么，也是超出伦理之上产物。他还担任了《文艺研究》的主编，好景不长，只出了一期。

他作《文艺的大众化》："文艺应该并非只有少数的优秀者才能够鉴赏，而是只有少数的低能者所不能鉴赏的东西。"实践应验了他写的。"若是大规模的设施，就必须政治之力的帮助，一条腿是走不成路的，许多动听的话，不过文人的聊以自慰罢了。"

他提出的问题，值得深思。他翻译的诗歌，值得重读：

> 有生气的新鲜颜色
>
> 少年时候的标记是可爱的，
>
> 然而苍白的颜色，哀伤的标记
>
> 是更可爱的。

不专门译出的诗，有时比有意译得好。这诗就隐在蒲力汗诺夫的论文《车勒芮绥夫斯基的文学观》中。

"这绝非伤感，也不是梦幻底空想的游戏，——惟这诗的激情，是对人类因此而高尚，而强力的一切火焰一般的同感。"

只要与诗有关的，就感兴趣，"诗者，借其理想，而致较好的现实"。

读书，做笔记，摘录，写心得，凡是对自己有益的话，对他人也会有益罢。

在20世纪30年代的上海，市民的生活，革命家、战士、艺术家的思考。

"体质和精神都已硬化了的人民，对于极小的一点改革，也不加以阻挠，表面上好像恐怕于自己不便，其实是恐怕与自己不利，但所设的口实，却往往见得极其公正而且堂皇。"

3月1日的《萌芽》月刊，登载了他的《习惯和改革》。他的杂文，有更多的火药味，激励斗志，主张行动。

"现在已不是在书斋中，捧书本高谈宗教，法律，文艺，美术……等等的时候了。即使要谈论这些，也必须先知道习惯和风俗，而且有正视这些黑暗面的勇猛和毅力。因为倘不看清，就无从改革。仅大叫未来的光明，其实是欺骗怠慢的自己和怠慢的听众的。"

同时，还发表杂文《非革命的急进革命论者》。他的话，是有预见性的，常为后来的人所验证。"因为终极目的的不同，在行进时，也时时有人退伍，有人落荒，有人颓唐，有人叛变，然而只要无碍于进行，则愈到后来，这队伍里也就愈成为纯粹，精锐的队伍了。"红军，就是这样的队伍。

3月2日，他出席中国左翼作家联盟（简称"左联"），被选为执行委员。

3月19日，得知国民党政府通缉的消息，离家暂避。4月19日，才回家。他的经验，遇到危险要保全自己，就是找安全的地方，避开风头浪尖，时间会抹平一切，危险，过去也就过去了。

在避难的途中，有疑似跟踪者。3月31日，致章廷谦信："半生以来，所负的全是挨骂的命运，一切听之而已，即使反将残剩的自由失去，也天下之常事也。"

他的牙齿向来不好，日记中常有看牙的记录。

"老实说罢，我实在很吃力，笔和舌，没有停时，想休息一下也做不到，恐怕要算是很苦的了。"即使是最坚强的人，也会有脆弱的一面。

3月27日夜，他躲在一屋顶房中，给章廷谦写信："中国之可做梯子者，其实除我之外，也无几了。所以我十年以来，帮未名社，帮狂飙社，帮朝花社，而无不或失败，或受欺，但愿有英俊出于中国之心，终于未死，所以此次又应青年之请，除自由同盟外，又加入左翼作家联盟，于会场中，一览了荟萃于上海的革命作家，然而以我看来，皆茄花色，于是不俟势又不得不有做梯子之险，但还怕他们尚未必能爬梯子者。哀哉。"又说到蔡元培先生确是一个很念旧的人。

《我们要批评家》、《"好政府主义"》、《"丧家的""资本家的乏走狗"》，是他4月的作品。

处境不好，没有安全感的生活，经历和体力比以往下降了，孩子又小……往医院去，已经是日常生活的一部分了。

5月7日，他曾与冯雪峰在爵禄饭店会见过当时共产党的领导人李立三。5月8日，作《艺术论》译本序。5月12日，自景云里十七号迁居北四川路一九四号拉摩斯公寓A三。5月16日，写《鲁迅自传》，千字文，从出生写起，到求学、谋生、创作……是可学习借鉴的文本。

6月1日是端午节，许寿裳来看他，并赠以《新俄画选》。

读书、写作累了，他喜欢翻翻画集。6月4日，收到曹靖华寄给他的《台尼画集》。6月30日，收诗荃所寄《德国近时版画家》。看画集时的心情是放松的。

他译尾濑敬止的《〈浮士德〉作者小传》，对卢那卡尔斯基的译作，评价是："作为文学者的他，具备着各种优胜的要素，清楚的头脑，强壮的精力，诗人的热情，迅速的悟性，天赋的才笔，该博的知识。""该博"这个词，已经很少用了，也作"赅博"，即渊博的意思。以此观察当今从事文学写作的人，是一种尺度，从中能知得失。

读书，推荐书，开书目，为求知，为明智，为人生。

在7月中旬，他为挚友许寿裳的长子许世英开过书目：

《唐诗纪事》宋·计有功

《唐才子传》元·辛文房

《全上古……隋文》严可均

《全上古……隋诗》丁福保

《历代名人年谱》吴荣光

《少室山房笔丛》胡应麟

《四库全书简明目录》

《世说新语》刘义庆

《唐摭言》五代·王定保

《抱朴子外篇》葛洪

《论衡》王充

《今世说》王晫

在许世英小时候，他曾为其写过"天"与"人"。

这书单是个性化的，只是针对一个人，于学习传统文化有益。偶尔也点评到其中的书。《历代名人年谱》，他说："可知明人一生中的社会大事，因其书为表格之式也。可惜的是作者所认为历史上的大事者，未必真是'大事'。"

7月24日中午，他去仁济药房买药中钱夹被窃，损失了50余元。

对写作者而言，环境的影响，季节的因素，人文的背景，体质的强弱……综合起来，作品的孕育，以及产出，有一定的规律。

上海的8月，用一个字来形容，那就是"热"。

这一个月，他的翻译重心在《十月》，从《作者自传》了解A·雅各武莱夫："绝望的数年。哪里去呢？做什么呢？不是发狂，就是死掉，或者将自己拿在手里，听凭一切都来绝缘。文学救了我，创作起来了。现在是很认真，一到夏（每夏），就跋涉于俄罗斯，加以凝视。在看被抛弃了的俄罗斯，在看被抬起来的俄罗斯。"

文学是人学，杰出的文学作品的确能改变人，重新塑造人。倘若没有文学，生命将黯然失色。

他9月3日致李秉中的信，从另一个侧面反映他的生活："以译书维持生计，现在是不可能的事。上海秽区，千奇百怪，译者作者，往往为书贾所诳，除非你也是流氓。加以战争及经济关系，书业也颇凋零，故译著者并蒙影响。"

以他的身份和地位，也有难处。9月16日，他校阅了贺非所译肖洛霍夫的《静静的顿河》（第一卷），并作后记。9月17日，"左联"的朋友在上海荷兰西莱室为他作五十寿辰纪念会。他与许广平携海婴前往。席中共22人。夜归。

也就是三天后，他致曹靖华的信："至于这里的新的文艺运动，先前原不过一种空喊，并无成绩，现在则连空喊都没有了。"

他与冯雪峰有共同语言，有时约着与周建人等小酌。

读一部小说，不同的人自然有不同的感受。

《阿Q正传》的影响渐渐大起来了。10月13日，他收到剧作家王乔南的信，是关于改编的事，他当夜给予回复："我的意见，以为《阿Q正传》，实无改编剧本及电影的要素，因为一上台，将只剩了滑稽，而我之作此篇，实不以滑稽或哀怜为目的, 其中情景, 恐中国此刻的'明星'是无法表现的。"时光已过去 80 年, 至今也还是没有看到与他小说相匹配的电影。

10 月 18 日, 译出刈米达夫的《药用植物》, 是自然科学方面的书, 发表在《自然界》上。他的爱好是广泛的。

关于《阿 Q 正传》的改编, 11 月 14 日夜, 他致王乔南的信, 已默认了。"先生既然要做, 请任便就是了。""它化为《女人与面包》以后, 就算与我无干了。"

在他的日记中出现的书名有《世界美术全集》、《清代学者像传》、《川柳漫画全集》、《汉南阳画像集》、《浮世绘版画名作集》……

11 月 25 日, 他修订了《中国小说史略》, 并作题记。"余则以别无新意, 大率仍为旧文。大器晚成, 瓦釜以久, 虽延年命, 亦悲荒凉, 校讫黯然, 诚望杰构于来哲也。"

面对自己十年前的一部将要再版的书, 用什么词能形容他那时的心情?

苏联法捷耶夫的小说《毁火》, 是在 12 月 26 日译出来的。12 月 30 日, 校阅韩侍桁所译伊凡诺夫的《铁甲列车 NT·14-69》, 并作后记。

从一年的书账看，他大量的购进日本原版书，而且，对美术书籍特别看重。

"人的品质是以自己与他人的关系而确定的。"

他这个人，不论在哪里，不论从事什么，是能帮人则帮人，能做事则做事，能写作则写作，是闲不住的。

"显幽烛隐，时亦有闻。"从他的书中，收获是大的。

在积累的过程中发现，在发现的过程中写作，在写作的过程中学习，还能为读者提供点什么？

将来的督促和信仰
1931

他何尝不想过一种安逸的生活。人到了知天命的年岁，而天命不可知，一个人的信仰与现实的冲突……自己督促着自己，自己慰藉着自己，将来会好起来的。而太安逸的生活也不宜于写作。

1931年1月1日，"昙，无事"。昙的意思是多云，云彩密布。在他的日记中，与晴出现的频率相近。一连十几天，没多少事。有时去内山书店买两本绘画的书，还收到过友人寄的《插画家传》，也没有什么创作可言。到1月17日，为《毁灭》作后记，他说："要用三百页上下的书，来描写一百五十个真正的大众，本来几乎是不可能的。以《水浒》的那么繁重，也不能将一百零八条好汉写尽。本书作者的简练的方法，是从中选出代表来。"

活学活用，他的文字是行动着的，有穿透力，即使是引用过的话。"从我们的无论谁，人如果掘下去，在各人里，都会发见农民的，在各人里。总之，属于这边的什么，至多也不过没有穿草鞋……"是需要深思的。

他的话不过时："就将他所鄙薄的别人的坏处，指给他就是自己的坏处，以人为鉴，明白非常，是使人能够反省的妙法，至少在农工相轻的时候，是极有意义的。"是不是问题所在，"他以为别人都办得不对，但自己也无办法，也觉得自己不行，而别人却更不行。于是这不行的他，也就成为高尚，成为孤独了。"

1月19日夜，他作《关于〈唐三藏取经诗话〉的版本》："世间许多事，只消尝试，便得了然。""作者是文人还是市人，于作品是大有分别的。"

文学作者中的热血青年，他关心他们，爱护他们，也乐于和他们来往。尤其是柔石，已是一种超出友情和亲情之上的感情。患难与共，生死相托。

1月20日，他得悉柔石、殷夫、胡也频、冯铿、李伟森等人于17日被捕的消息，他想营救，却无能为力。已是自身难保，于是在下午与许广平携海婴并许媪，离开了家，到黄陆路花园庄旅馆暂避。

1月21日，致许寿裳的信，以探病为名，出院，转院，打听柔石（索士）的详情。1月23日，致李小峰的信："然众口铄金，危帮宜慎，所以我现在也不住在旧寓里了。"

这期间，他常悄悄去内山书店，2月2日，有一封写给韦素园的信，他说："文学史上，我没有见过用阴谋除去了文学上的敌手，便成为文豪的人。""中国的做人虽然很难，我的敌人（鬼鬼祟祟的）也太多，但我若存在一日，终当为文艺尽力，试看新的文艺和在压制者保护之下的狗屁文艺，谁先成为烟埃。"2月4日，致李秉中："文人一摇笔，用力甚微，而于我之害则甚大。老母饮泣，挚友惊心。……今幸无事，可释远念。"

2月12日，雨雪，"日本京华堂主人小原荣次郎买兰将东归，为赋一绝句，书以赠之。"

> 椒焚桂折佳人老，
>
> 独托幽岩展素心。
>
> 岂惜芳馨遗远者，
>
> 故乡如醉有荆榛。

风声渐渐过去了，他于2月28日回寓，没有写什么杂文，只是写写字，还题了一首诗《赠邬其山》，其中两句：

"有病不求药，无聊才读书。"

他欣赏弘一上人的书法："戒定慧"。在3月1日，他从内山书店求得其一张书法作品，另赠与内山夫人油浸曹白一盒。

汉语书法是一门艺术，不仅中国人喜欢，日本人也喜欢。

3月5日，他为日本歌人、友人各书自作诗一幅，曰："春江好景依然在，海国征人此际行。莫向遥天忆歌舞，西游演了是封神。""大野多钩棘，长天列战云。几家春袅袅，万籁静愔愔。下土惟秦醉，中流辍越吟。风波一浩荡，花树已萧森。""昔闻湘水碧如染，今闻湘水胭脂痕。湘灵装成照湘水，皓如素月窥彤云。高丘寂寞竦中夜，芳荃零落无余春。鼓完瑶瑟人不闻，太平成象盈秋门。"

字写多了，不练也练。超凡脱俗，钢筋铁骨。诗，是要写的，立志言情，心旷神怡。

他那时与史沫特莱有交往。3月份，他为美国《新群众》作《黑暗中的文艺界的现状》，写到五个左翼作家的失踪："单单的杀人究竟不是文艺，他们也因此自己宣告了一无所有了。"他还未能从血腥的阴影中走出来。

4月1日，校阅孙用译匈牙利裴多菲的长诗《勇敢的约翰》并作《校后记》。

为寄托对柔石的怀念之情。写道："二月七日晚，被秘密枪决，身中十弹。""柔石有子二人，女一人，皆幼。"

慈悲者的哀鸣。

有一种史料，证实了柔石他们究竟是如何被告密，而丧命的。活在阴影中的生命……

他又为《前哨》作《中国无产阶级革命文学和前驱的血》，哀悼和铭记。

4月26日，他在致李小峰的信中提到："我久想作文学史，然第一须生活安静，才可以研究，而目下情形，殊不可能，故一时实无从措手。"

这就是他那时的生活。

需要美术方面的书，需要保持美的感觉。《世界美术全集》、《浮世绘大成》、《书道全集》、《日本裸体美术全集》……美是养眼的。

5月4日，致孙用信："上海文坛寂寥，书坊势力，杭州消息不灵，想不深知……"

处在休整期，写得相对少。一切顺其自然。

5月22日，作文《一八艺社习作展览会小引》："现在的艺术，总要一面得到蔑视，冷遇，迫害，而一面得到同情，拥护，支持。"

日常生活，6月9日晚，以《燕寝怡情》赠增田涉，又约着雪峰、径三，往西寓，看明清版插画。

6月14日，上午晴，下午昙。以书会友。他为宫崎龙介题字一幅："大江日夜向东流，聚义群雄又远游。六代绮罗成旧梦，石头城上月如钩。"意犹未尽，诗意盎然。再为白莲女士写："雨花台边埋断戟，莫愁湖里余微波。所思美人不可见，归忆江天发浩歌。"夜雷电大雨。无事中的事，字以人贵，诗以人尊。

6月23日，致李秉中信："凡细小的事情，都可以不必介意。一旦身临其境，倒也没有什么，譬如在围城中，亦未必如在城外之人所推想之可怕也。"人只要想开了，越单纯，越自在；越复杂，越烦恼。如此而已，安善如常。

有趣之人，必多有趣之事。7月14日午后，他往内山书店，花3元4角，得《虫类花谱》，以赠许广平。

7月20日晚，他往暑期学校演讲一小时：《上海文艺之一瞥》。从《申报》说起，到君子、才子、佳人，再到英雄豪杰和流氓，他认为："激烈得快的，也平和得快，甚至于也颓废得快。倘在文人，他总有一番辩护自己的变化的理由，引经据典。譬如说，要人帮忙时候用克鲁巴金的互助论，要和人争闹的时候就用达尔文的生存竞争说。无论古今，凡是没有一定的理论，或主张的变化并无线索可寻，而随时拿了各种各派的理论来作武器的人，都可以称之为流氓。"

他引证厨川白村的话："作家之所描写，必得是自己经验过的么？他自答道，不必，因为能够体察。"这也就意味着，写什么，不一定做过什么。"体察"是写作的本领。

人的写作，与情绪有关。正如"酒逢知己千杯少"一样，"话不投机半句多"。想写的时候，越写越有瘾；不想写的时候，越写越没劲。

8月的大热，无所事事中，译苏联 L·绥甫林娜的小说《肥料》，没有多少反响。

《题〈陶元庆的出品〉》，仅有几十个字……"草露易晞，留此为念"。

从8月17日至22日，他担任翻译，请日本美术教师内山嘉吉为青年美术爱好者讲授木刻技法。只有走出去，请进来，眼界打开了，才会有出息。

他译法捷耶夫的长篇小说《毁灭》，9月由上海大江书铺出版，消耗了他不少的心血和精力。

9月20日，他为德国女画家凯绥·珂勒惠支木刻《牺牲》作《说明》，画的素材，多取"贫病与辛苦"，"悲哀和愤怒"……

那盖勒对女画家的评价："之所以于我们这样接近的，是在她那强有力的，无不包罗的母性。这漂泛于她的艺术之上，如一种善的征兆。这使我们希望离开人间。然而这也是对于更新和更好的'将来'的督促和信仰。"

母性也罢，父性也罢，回归到根上都是人性。

文学家是时代的产物。

当"九·一八"事变之后，日本占领了东三省，他在9月21日《答文艺新闻社问》：

"这在一面，是日本帝国主义在'膺惩'他的仆役——中国军阀，也就是'膺惩'中国民众，因为中国民众又是军阀的奴隶；在另一方面，是进攻苏联的开头，是要使世界的劳苦群众，永受奴隶的苦楚的第一步。"

他站在正义的一方，是反对战争的。这是他的立场。

同一天，在内山书店买了一本日译《阿Q正传》。

9月27日，为李兰译《夏娃日记》作《小引》。

秋高气爽。中秋时节是适宜做事的。而所谓的幸福，无非就是做自己感兴趣的事。

为《铁流》作《编校后记》，是在 10 月 10 日。小说是曹靖华译的，由他出资去印。

10 月 23 日，发表论文《"民族主义文学"的任务和命运》。10 月 29 日，写杂文《沉滓的泛起》。在"国难声中"或"和平声中"，有人为了利益的最大化，"趁势在表面来泛一下，明星也有，文艺家也有，警犬也有，药也有……也因为趁势，泛起来就格外省力。但因为泛起来的是沉滓，沉滓又究竟不过是沉滓，所以因此一泛，他们的本相倒越加分明，而最后的命运，也还是仍旧沉下去"。人最重要的在于实质，表面现象是不会长久的。就像从事写作的人，一味跟风是不行的，深入生活不是一句空话，能不能深入下去，也只能由作者自身决定了。

在那时，看场好的电影就是一种享受，而且要有好的位置。10 月 30 日夜，他和许广平邀请蕴如及三弟周建人去上海大戏院观看《地狱天使》。——文化上的消费比物质消费更重要。

也是在 10 月，他被日本普罗文化联盟选为名誉委员。

又是嵇康。11 月 13 日，他又校《嵇康集》。在他的日记中，已经不知出现过多少次嵇康的名字了。

一个作家在他的一生中，一定有一部特别欣赏的书，一个特别喜欢的人，一件特别难忘的事。

据说，法国诗人瓦雷里的"床头书"和"圣经"是于斯曼的《傲世者》，他自己说"将此书读了五十遍"。

也是命定的，你是什么人，你才会找什么样的书。读进去的是有同感，读不进去的有隔阂。

《嵇康集》的校、再校、又校，已成为一种精神寄托。人格上的认同。

在这之前，他还为《野草》的英译本作序。从中可以看出他创作的前因：《我的失恋》，讽刺当时盛行的失恋诗；《复仇（一）》，憎恶社会上旁观者之多；《希望》，惊异于青年之消沉；《这样的战士》，有感于文人学士们帮助军阀而作；《腊叶》，为爱我的想要保存我而作；……《失掉的好地狱》，"这也可以说，大半是废弛的地狱边沿的惨白色小花，当然不会美丽。但这地狱必须失掉"。写作是有动机的。

在《中学生杂志社问》中，他先是反问，后说："第一步要努力争取言论的自由。"

11月29日，他买了三部书：《华光天王传》、《历代名将图》、《文章轨范》。

增田涉是他的日本朋友，在12月2日归国前，他题诗相赠："扶桑正是秋光好，枫叶如丹照嫩寒。却折垂杨送归客，心随东棹忆华年。"

12月25日在《十字街头》旬刊发表《"友邦惊诧"论》。他还写文艺评论，《关于小说题材的通信》。而在12月27日，他的《答北斗杂志社问——创作要怎样才会好？》列出了8条，也是针对如何写作的经验之谈：

一、留心各样的事情，多看看，不看到一点就写。

二、写不出的时候不硬写。

三、模特儿不用一个一定的人，看得多了，凑合起来的。

四、写完后至少看两遍，竭力将可有可无的字，句，段删去，毫不可惜。宁可将可作小说的材料缩成 sketch，绝不将 sketch 材料拉成小说。

五、看外国的短篇小说，几乎全是东欧及北欧作品，也看日本作品。

六、不生造除自己之外，谁也不懂的形容词之类。

七、不相信"小说作法"之类的话。

八、不相信中国的所谓"批评家"之类的话，而看看可靠的外国批评家的评论。

12月28日，他还写出了《关于翻译的通信》。在那天的日记里，有胃痛，服海儿普锭的记录。

一年又过去了。

查阅他全年的经济收入："8909.30 元，除去教育部 15 个月薪金 4500 元，平均每月收入为 367.44 元。"

看他的书账：全年总计支出 1447.3 元，平均每月约为 120.60 元。仅此一项，还不包括衣食住行的开支，生活的压力是大的，但书还是要买的。而且，一般情况下，一个人对书的热爱与创作是成正比的。书越多，写作的量往往越大。

开拓出别一条生路
1932

生活不是单一的。当一条路走不通了，还会有另一条路，天无绝人之路。

1932 年，他的经济收入比上一年有大幅度的下降："收入 4788.50 元，教育部薪金已经裁撤，平均每月收入 399.04 元。外币未计入。"生活主要是靠稿费和版税，以及编辑费收入了。

从他的书账看，比 1931 年明显减少，可买可不买的书就不买了。压缩开支，全年只买了 693.9 元的书，平均每月只有 57.81 元。

孩子小，他的身体也不好，常去医院。1932 年 1 月 23 日，上午往富民医院诊。午后为高良夫人写一小幅《无题》：

血沃中原肥劲草，

寒凝大地发春华。

英雄多故谋夫病，

泪洒崇陵噪暮鸦。

当"一·二八"上海战事爆发，日军入侵，他的寓所受到了战火的威胁。1月30日，他们全家先是匆匆避居到内山书店三楼，只带了简易的衣被；2月6日移至英租界的内山书店支店；3月13日又迁大江南饭店；3月19日，返回自己的家。

2月1日至5日的日记，未记。2月6日是春节，在避难中"十人一室，席地而卧。"2月15日，"夜偕三弟，蕴如及广平往同宝泰饮酒。"16日，"夜全寓十人皆至同宝泰饮酒，颇醉。"随后，胃痛病犯了。

春天是万物复苏的季节，而对他来说，却是避难的季节。

如果仅从创作上说，1932年是一个"小年"。

环境恶劣，流离失所，哪里还有心思写作。3月份，给母亲，给朋友许寿裳、李秉中、许钦文去信，报一声平安。30日日记："自饮酒太多，少顷头痛，乃卧。"

感到无聊的时候，题诗写字是能转移性情的。31日，为友人书《偶成》："文章如土欲何之，翘首东云惹梦思。所恨芳林寥落甚，春兰秋菊不同时。"又为姚文元的父亲姚蓬子书一幅："蓦地飞仙降碧空，云车双辆掣灵童。可怜蓬子非天子，逃来逃去吸北风。"

写作的状态，也需要一个恢复期，往往是从读书做起，先有手不释卷，后有下笔如神。而经济的困窘，对写作是有损的。4月6日，他致李小峰信："因颇拮据，故本月版税，希见付。或送来，或函知日时地点，走取亦可。"

在逃难时，小偷曾潜入他家，"窃去衣物约值六七十元，而书籍毫无损失。"也是不幸中的万幸了。

4月20日，作《林克多〈苏联闻见录〉序》。对于那时的苏联，说法不一。他自己断定："这革命恐怕对于穷人有了好处，那么对于阔人就一定是坏的，有些旅行者为穷人设想，所以觉得好，倘若替阔人打算，那自然就都是坏处了。"屁股决定立场，同一件事，从不同的视角看，结果是不一样的。

在4月23日，致台静农的信中，他写道："我年必逃走一次，但身体顽健如常，可释远念也。"

阅读即快乐，写作即幸福。从 4 月 24 日起，心神定下来了，又进入了一种写作状态。那一天，上午多云，下午又下起了雨。他先往前园医院治疗义齿，未成，便到了内山书店，买《人生漫画帖》。走顺腿了，书店是个好地方。晚上再去那里看牙，仍未成，索性回到家里，在夜间工作，编辑自己 1928 年至 1929 年的短评、杂感，起名《三闲集》，并作《序言》。

"有些人们，每当意在奚落我的时候，就往往称我为'杂感家'，以显出在高等文人的眼中的鄙视，便是一个证据。"

这件事，是从三月底着手的。"于是就东翻西觅，开手编辑起来了。好像大病新愈的人，偏比平时更要照照自己瘦削的脸，摩摩枯皱的皮肤似的。"爱惜自己的文字，就像爱惜生命。

"这样的人。"有人忿忿地说他，"文章一向是被'挤'才有的，而目下正在'剿'……"

之前成仿吾送他的三个"有闲"，他也就派上用场了。人，有时帮助你的是朋友，有时校正你的是对手。

4 月 25 日，义齿终于拔去了。4 月 26 日，他的"夜记之五"《做古文和做好人的秘诀》，整理出来了，也是对柔石遇害一年有余的纪念。他说："所谓'人琴俱亡'者，大约也就是这模样的罢。"

写作，一旦开了个好头，往往便收不住了。

4月30日夜，他又编讫出了1930至1931年两年间的杂文，定名《二心集》，并作《序言》。

他从梅林格的论文，概括为："在坏了下去的旧社会里，倘有人怀一点不同的意见，有一点携贰的心思，是一定要大吃其苦的。而攻击陷害得最凶的，则是这人的同阶级的人物。他们以为这是最可恶的叛逆，比异阶级的奴隶造反还可恶，所以一定要除掉他。"由此，他取其大意，拿来做了自己的书名。

写作，像是农民耕田、工人做工一样的劳动。你的粮仓里有多少收成，你的库房里有多少产品。文学是严肃的，不是玩花样就能玩成的。

他5月1日记："星期。晴，下午昙。自录译著书目讫。"

从1921年至1931年，仅译著就达32种之多。译著之外，又有校勘者：唐·刘恂《岭表录异》三卷，魏中散大夫《嵇康集》十卷；纂辑者：《占小说钩沉》三十六卷，谢承《后汉书》辑本五卷。均未印。

他编辑过的报刊：《莽原》、《语丝》、《奔流》、《文艺研究》，还有所选定，校字者，印行者，是对自己十多年劳动的总结。

"创作既因为我缺少伟大的才能，至今没有做过一部长篇；翻译又因为缺少外国语的学力，所以徘徊观望，不敢译一种世上著名的巨制。后来的青年，只要做出相反的一件，便不但打倒，而且立刻会跨过的。"

他的文字，不仅对致力于写作的人，就是对其他从业者，都是切实的提醒："对于为了远大的目的，并非因个人之利而攻击我者，无论用怎样的方法，我全都没齿无怨言。但对于只想以笔墨问世的青年，我现在却敢据几年的经验，以诚恳的心，进一个苦口的忠告。那就是：不断的（！）努力一些，切勿想以一年半载，几篇文字和几本期刊，便立了空前绝后的大勋业。还有一点，是：不要只用力于抹杀别个，使他和自己一样的空无，而必须跨过那站着的前人，比前人更加高大。"

人过了 50 岁，他告诫自己："据卢南（E·Renan）说，年纪一大，性情就会苛刻起来。我愿意竭力防止这弱点，因为我又明明白白地知道：世界绝不和我同死，希望是在于将来的。"

5 月 30 日，夜译《革命的英雄们》，约两万字。

有张有弛，看画集时的心情，是舒畅的。他收到高良富子托内山完造转送的《唐宋元明画大观》，6月2日回信："如此厚赠，实深惶悚……翻阅一过，获益甚多。"随后，又收到曹靖华寄的石印《文学家像》，买《世界地理风俗大系》。

晴。雨。昙。6月就这样平平淡淡地过去了。

7月依旧。与母亲通信，为友人题诗写字："战云暂敛残春在，重炮清歌两寂然。我亦无诗送归棹，但从心底祝平安。"又书去年旧作："惯于长夜过春时，挈妇将雏鬓有丝。梦里依稀慈母泪，城头变幻大王旗。眼看朋辈成新鬼，怒向刀丛觅小诗。吟罢低眉无写处，月光如水照缁衣。"托内山书店为山本初枝女士寄去。

他喜爱的文友韦素园于8月1日晨去世，这使他非常哀痛。"有志者入泉，无为者住世。"

8月27日，译完了上田进《苏联文学理论及文学批评的现状》。

9月9日写《〈竖琴〉前记》，9月10日作《后记》。

在不间断的翻译中，《穷苦的人们》、《拉拉的利益》、《我要活》、《铁的静寂》、《工人》……，苏联的文学，日本人认可。他又将其移译为汉语了。

翻译的路是长远的。

在这个夏秋时节，曾会晤过在上海治病的红军将领陈赓，在秘密中见面。

10月10日，作《论第三种人》。"为现在而写的，将来是现在的将来，于现在有意义，才于将来会有意义。"

我们欣赏书法的艺术价值，重在人品，重在文化的含量，重在他是谁，也不能忽视了技法、功夫。弘一书法的意义就在这里，在"静"；他的意义也在这里，在"深"。

与他们同时代，而且有缘为友的人，是一种福分。

10月12日午后，他为柳亚子书一条幅，诗为《自嘲》：

运交华盖欲何求，

未敢翻身已碰头。

破帽遮颜过闹市，

漏船载酒泛中流。

横眉冷对千夫指，

俯首甘为孺子牛。

躲进小楼成一统，

管他冬夏与春秋。

又题款云："达夫赏饭，闲人打油，偷得半联，凑成一律以请。"诗有一种豁出去的劲头，爱谁谁谁，不管不顾，韧的精神。又有一种调侃、自嘲的味道。

《"连环图画"辩护》是 10 月 25 日写的。孤立的，静止的图画太多了，而运动的，逻辑的，连环的图画太少了。前后上下，互动起来会更好看的。这需要好的内容与技术，艺术只有门类不同，没有高低贵贱之分。

书是离不开的。《文学的遗产》、《浮世画（绘）六大家》……

10 月 31 日，许广平去开明书店，为他预定插图本《中国文学史》。夜编排好《两地书》。不论对他，还是对许广平，以及对那些爱着与被爱着，爱过与被爱过的人，都是有意义的。

在《两地书·一三二》中，谈到 1929 年 5 月 30 日上午借去北京省亲时，与文友到医院看韦素（漱）园的经过："今天我是早上八点钟上山的，用的是摩托车，霁野等四人同去。漱园还不准起坐，因日光浴，晒得很黑，也很瘦，但精神却好，他很喜欢，谈了许多闲天。病室壁上挂着一幅陀斯妥夫斯基的画像，我有事瞥见这用笔墨使读者受精神上的苦刑的名人的苦脸，便仿佛记得有人说过，漱园原有一个爱人，因为他没有痊愈的希望，已与别人结婚；接着又感到他将终于死去——这是中国的一个损失——便觉得心脏一缩，暂时说不出话，然而也只得立刻装出欢笑，除了这几刹那之外，我们这回的聚谈是很愉快的。"而韦素园已于1932年8月1日晨去世了。

他整理《两地书》的目的，也是对往事的纪念。

当我在他的书出版七十多年后的一个夜晚，重读时，一直看到黎明，天已经大亮了。又一次感受到书信的魅力。以往曾对作家的书信不以为然，但绝不是那么回事。真正好的作家和诗人的信，情真意切，生动感人。书信是来不得半点虚假的，想造是造不出来的。仅凭智力不行，脑子再好用，也只停留在智商的层面，而有意义的往往是心灵的产物，重在情怀。

他曾在《两地书·二二》说起过："我现在愈加的相信说话和弄笔的都是不中用的人，无论你说话如何有理，文章如何动人，都是空的。"

这话偏激吗？

"一针见血"这个成语，用在这段话上恰当吗？

还需要更切实的工作。

人这一辈子，不能没有值得托付的朋友。

11月10日，雨，他上午往北京车站问车，然后到中国旅行社买车票，上海至北平（京），付55.5元。下午内山妇人来并赠他母亲一床绒被。晚上往内山书店辞行，"托以一切"。那年头，兵荒马乱的，什么事情都有可能发生。

北上探母。他11日启程，13日到。下午即给许广平信："母亲是好的，看起来不要紧。"在19日的信里，说起二弟周作人："周启明颇昏，不知外事，废名是他荐为讲师的，所以无怪攻击我，狗能不为其主人吠乎？"

此次赴京，五次演讲：

《帮忙文学与帮闲文学》，22日，北京大学。

《今春的两种感想》，22日，辅仁大学。

《革命文学与遵命文学》，24日，女子文理学院。

《再论"第三种人"》，27日，北京师范大学。

《文艺与武力》，28日，中国大学。

在辅仁大学讲到感想："我希望一般人不要只注意在近身的问题，或地球以外的问题，社会上实际问题是也要注意些才好。"

人看问题，太远了不切实际，太近了目光短浅，是需要掌握火候，把握一个度的。

这期间，与北平"左联"的朋友会晤。

他于 30 日返沪。那两个多星期，台静农时常陪着他。

12 月 10 日，他致《文学月报》编辑的一封信《辱骂和恐吓绝不是战斗》，注重于"论争"的本领，不能以污秽对待污秽。

台静农懂"字"，欣赏他的"字"，他也愿意为台静农写"字"。

12 月 14 日，作《〈自选集〉自序》。提笔的力量来自怀疑，对他人，也对自己，他说："我向来就没有格外用力或格外偷懒的作品，所以也没有自以为特别高妙，配得上提拔出来的作品。"但自己终究还是更清楚自己的。

11 月 26 日，作《〈两地书〉序言》，主要还是为朋友，为爱情，为孩子的。

12 月 30 日，与柳亚子、茅盾、周起应、沈端先、胡愈之等联名发表《中国著作家为中苏复交致苏联电》。

12 月 31 日，一年到头了，"为人写字五幅，皆自作诗"。

从中摘录几句，《所闻》："华灯照宴敞豪门，娇女严装侍玉樽。"《无题（二首）》："岁暮何堪再惆怅，且持卮酒食河豚。""无端旧梦驱残醉，独对灯阴忆子规。"《无

题》："泽畔有人吟不得，秋波渺渺失离骚。"《答客诮》
"无情未必真豪杰，怜子如何不丈夫。"

　　他的诗真好。

想到了个人的力量

1933

顾随在《驼庵诗话》中，论古代诗人：曹操，英雄中诗人；杜甫，诗人中英雄；陶渊明，诗人中哲人。

那么鲁迅呢？可不可以说，既是英雄中的诗人，也是诗人中的英雄，同时还是诗人中的哲人。

自己有了力量，才能担当；自己有了诗心，才能格物。

如果说，1932 年是他文学创作的"小年"，那么 1933 年就是"大年"了。

前后是连贯的。越写越有气势，越写越有力度，越写越有后劲。思想被激活了。

杂文是思想者的武器。他以此将自己武装起来，越用越得心应手，势如破竹，妙笔生花，点石成金。

一个人有他的多面性，像古代的嵇康，任性而为，愤世嫉俗；像俄国的契诃夫，悲天悯人，温性内敛，还有点像谁?

李小峰说他厚道,木心说他口剑腹蜜。那是后话了。

路已开拓出来。1933 年是收获之年,不论是物质上,还是精神上。他全年"共收入 10300.93 元,平均月收入约为 858.41 元"。书账"总计 739.4 元,平均每月支出约 61.6 元",比上一年均增加了不少。量入为出,从小的细节上,能看出一个人的生活景况。

元旦是一年的起点,如果从这一天开始,进入写作状态,那么也就开了个好头,往往收益是大的。

他在这一年的夜里,写《听说梦》。"做梦,是自由的,说梦,就不自由。做梦,是做真梦的,说梦,就难免说谎。"他是清醒的,也希望读者保持清醒。

1 月 6 日,他出席中国民权保障同盟临时执行委员会议;宋庆龄任会长,蔡元培任副会长。17 日,他被选为上海分会执行委员。他要以自己的力量做更切实的事了。

1 月 24 日,他一连写了两篇杂文——《逃的辩护》、《观斗》。

"我们中国人总喜欢说自己爱和平,但其实,是爱斗争的,爱看别的东西斗争,也爱看自己们斗争。"

太有才，太聪明，太会玩。"最普遍的是斗鸡、斗蟋蟀、南方有斗黄头鸟，斗画眉鸟，北方有斗鹌鹑，一群闲人围着呆看，还因此赌输赢。古时候有斗鱼，现在变把戏的会使跳骚打架。……又有斗牛，不过和西班牙却两样的，西班牙是人和牛斗，我们是使牛和牛斗。"

大开眼界，看他的短文，长见识的。斗来斗去，给始作俑者带来好处，给看客带来乐趣，给动物带来伤害……

1月28日，作《论"赴难"和"逃难"——寄〈涛声〉编辑的一封信》，对教育的思考："施以狮虎式的教育……他们到万分危急时还会用一对可怜的角。然而我们所施的是什么式的教育呢，连小小的角也不能有，则大难临头，惟有兔子似的逃跑而已。"还有呢，请愿与赴死……

从1月30日到次年9月，他一个人化名40余个，在《申报·自由谈》发表杂文130余篇，可以想象有多勤奋了。也不能不相信"天才出于勤奋"这句话。

从事文学艺术，首要的是眼光。文化上，要有抢救工程的。

他在2月5日致郑振铎的信中，谈到1932年冬季在北京琉璃厂得到的一点笺纸："觉得画家与刻印之法，已比《文美斋笺谱》时代更佳，譬如陈师曾、齐白石所作诸笺，其刻印法已在日本木刻专家之上，但此事恐不久也将销沉了。"此后，与郑振铎的合作是成功的。以自己的力量为社会做点事。

2月7日，下午下起了雨，想起前年的夜里，柔石遇害，他动笔作《为了忘却的纪念》，至8日写完。他对柔石的好感是刻骨铭心的，由此写到他们五人的不幸。纪念的文章最难写好，你是什么人，从文字中能辨别出来，你想表达什么。

他想忘却他们，能忘却吗？越是说忘却，恰恰相反，记忆越深刻。

当《北斗》创刊时，他之所以选珂勒惠支的木刻《牺牲》，只有他自己知道是为了纪念柔石。而殷夫写在《裴多菲诗集》上的四句诗，经他引用后，被发扬光大了，那就是："生命诚可贵，爱情价更高；若为自由故，两者皆可抛！"推己及人，为什么要写作？

"前年的今日，我避在客栈里，他们却是走向刑场了；去年的今日，我在炮声中逃在英租界，他们则早已埋在不知哪里的地下了；今年的今日，我才坐在旧寓里，人们都睡觉了，连我的女人和孩子。我又沉重的感到我失掉了很好的朋友，中国失掉了很好的青年，我在悲愤中沉静下去了，不料积习又从沉静中抬起头来，写下了以上那些字。"

在沉寂的深夜中，他独自醒着，"夜正长，路也正长……"

2月17日，宋庆龄在家里设宴，同席为萧伯纳、史沫特莱、杨杏佛、林语堂、蔡元培，他们七人。2月21日，会见美国作家、记者斯诺。2月28日，作《〈萧伯纳〉在上海序》。

"我忙于打杂，小说一字未写。"（《致台静农》3月1日信）

一篇接一篇的杂文，上海这地方，是杂文的沃土，更直接，更爽快。而小说是缓慢生长的……

从《呐喊》到《彷徨》，他小说创作的两座高峰。在3月，他曾在书上题过两首诗："弄文罹文网，抗世违世情。积毁可销骨，空留纸上声。""寂寞新文苑，平安旧战场，两间馀一卒，荷戟独彷徨。"

人往往是说什么多的时候，正是做什么少的时候。

他在3月5日夜写《我怎么做起小说来》。他提到当初对他有影响的小说家：果戈里、显克微支、夏木漱石、森鸥外。

揭示病根。不描写风月。对话简洁。增删。顺口。常用字。采取一端。改造。生发。拼凑的角色。画人的眼睛。看外国的译作。不相信"小说做法"。这是过来人概括出的经验之谈。

3月22日，《作英译本〈短篇小说选集〉自序》，苦痛，挣扎，战斗。"写新的不能，写旧的又不愿。"怎么办？"我正爬着。但我想再学下去，站起来。"

3月23日，写《看萧和"看萧的人们"记》，有自己在场，写出来便不一样了。"有这样地要我去见一见，那就见一见罢。""我对于萧，什么都没有问；萧对于我，也什么都没有问。"彼此心领神会，一个是热幽默，一个是冷幽默；一个身材高大，一个身材矮小，但都是时代的巨人。

4月11日，他自拉摩斯公寓迁至施高塔路（今山阴路）大陆新村九号居住，直至逝世。

新的住宅楼比旧居光线好多了，他喜欢在灯下写作，书房的窗帘也时常关闭着，虚掩着……

4月29日，作《文章与题目》。"一个题目，做来做去，文章是要做完的，如果再要出新花样，那就使人会觉得不是人话。然而只要一步一步的做下去，每天又有帮闲的敲边鼓，给人们听惯了，就不但做得出，而且也行得通。"
这一天，写一篇不过瘾，又写了《新药》。

从他《〈文章与题目〉附记》看，原题是《安内与攘外》。

5月29日夜，作《〈守常全集〉题记》，守常即李大钊。"他
的模样是颇难形容的，有些儒雅，有些朴质，也有些凡俗。
所以既像文士，也像官吏，又有些像商人。这样的商人，
我在南边没有看见过，北京却有的，是旧书店或笺纸店的
掌柜。"那时为了办《新青年》，还是陈独秀邀请他们相
见的。"诚实，谦和，不多说话。"最终被张作霖害死了，
热血之外，有遗文在。

5月31日，《谈金圣叹》，他说起四川民谣："贼来
如梳，兵来如篦，官来如剃。""事实既然交给了这些，
仅存的路，就当然使他们想到了自己的力量。"人生在世，
这是最根本的一点。

不断地有感慨，6月3日夜，致曹聚仁的信："我现
在真做不出文章来，对于现在该说的话，好像先前都已说
过了。"认真对待写作的人，都会有这种念头。歌德不
是说过："凡是值得思考的事情，没有不是被人思考过的；
我们必须做的只是试图重新加以思考而已。"

6月4日作《又论"第三种人"》。6月5日复魏猛
克信。世界上各种名人身上的亮点，如何学？而自己只

能是自己。

习惯在黑夜工作的人，在他人的睡眠中，一个人还醒着，在灯下写作，表达思想和情怀。

他在6月8日作《夜颂》，如《野草》一样，生生不息，一脉相传。

"爱夜的人，也不但是孤独者，有闲者，不能战斗者，怕光明者。"

常人只是日出而作，日入而息。在黑夜还在劳作的人，一天就当两天用了。

"人的言行，在白天和在深夜，在日下和在灯前，常常显得两样。夜是造化所织的幽玄的天衣，普覆一切人，使他们温暖安心，不知不觉的自己渐渐脱去人造的面具和衣裳，赤条条地裹在这无边际的黑絮似的大块里。"

在黑夜里，自己面对自己，"黑夜给了他黑色的眼睛，他用它寻找光明。"（顾城）

在6月12日的《经验》一文里，谈到《本草纲目》："这一部书，是很普通的书，但里面却含有丰富的宝藏。"客观的评价中医药："古人所传授下来的经验，有些实在是极可宝贵的，因为它曾经费去许多牺牲，而留给后人很大的益处。"

6月20日下午，他将家门的钥匙放在了家里，有赴难的决绝，去殡仪馆，为遭国民党特务暗杀的杨杏佛送殓。在夜里，写《悼杨铨》：

> 岂有豪情似旧时，
> 花开花落两由之。
> 何期泪洒江南雨，
> 又为斯民哭健儿。

6月21日，他还写出了两句广为流传的诗："渡尽劫波兄弟在，相逢一笑泯恩仇。"（《题三义塔》）

6月他写了多首诗，有为丁玲而作的："如磐夜气压重楼，剪柳春风导九秋。瑶瑟凝尘清怨绝，可怜无女耀高丘。"

说起写诗，在6月28日晚致台静农的信："昔之诗人，本为梦者；今谈世事，遂如狂醒；诗人原宜热中，然神驰宦海，则溺矣。"

6月30日，作散文《我的种痘》。

他的日记中，不时出现为海婴诊的记录。

写作是不间断的。7月5日，作《序的解放》；7月7日为《文学》作社谈二篇——《辩"文人无行"》、《大家降一级试试看》。7月8日，作《别一个窃火者》……

"那是可以的。"当有约稿，他便漫应之。每月有八九篇。在7月19日，他一连写了《〈伪自由书？〉前记》、《官话而已》、《这叫做愈出愈奇》、《两误一不同》、《案语》。他为《自由谈》写的短评："有的由于个人的感触，有的则出于时事的刺戟，但意思都极平常，说话也往往很晦涩……"这是他自己的话。

7月20日，有《诗和预言》："预言总是诗，而诗人大半是预言家。然而预言不过诗而已，诗却往往比诗人还灵。"

书法是有讲究的。日本友人欣赏他的字，他也会写的。7月21日午后，写诗三幅，有句云："须臾响急冰弦绝，但见奔星劲有声。"

"唱尽新词欢不见，旱云如火扑晴江。"另一幅写顾恺之的诗。

7月，瞿秋白编选并作序的《鲁迅杂感选集》由上海北新书局以"青光书局"的名义出版。

我恰恰珍藏着这样一本书。淡黄的封面，朴素到了极致。时光流逝，还有多少人拥有这一本书，谁认真读过？

谁曾彻夜在读？瞿秋白以何凝的笔名写了长长的序。他题写的字："人生得一知己足矣，斯世当以同怀视之。"编选者的眼光与学识，选什么，不选什么，看一个人的造化与修养了。

文章要能经得住推敲，常识与通识，实践与经验，时光是最公正的。

《关于翻译》，他在 8 月 2 日写道："创作对于自己人，的确要比翻译切身，易解，然而一不小心，也容易发生'硬作'，'乱作'的毛病，而这毛病，却比翻译要坏得多。"纵观现代的中国作家，大概没有谁没受到翻译文学的影响，仅靠祖上传下来的知识是远远不够的，外来文化上的碰撞与冲击，对写作很重要，对思想的解放很重要。

8 月 3 日至 4 日，他又写了《中国的奇想》、《豪语的折扣》。前文说："外国人不知道中国，常说中国人是专重实际的。其实并不，我们中国人是最有奇想的人民。"又如后文所说："豪语的折扣其实也就是文学上的折扣，凡作者的自述，往往需打一个扣头，连自白其可怜和无用也还是并非'不二价'的，更何况豪语。"

8 月 6 日，为比利时画家麦绥莱勒的连环画《一个人的受难》作序。

　　整个 8 月，几乎是一天一篇：《上海的儿童》、《上海的少女》、《秋夜纪游》、《我们怎样教育儿童的？》、《为翻译辩护》、《爬和撞》、《娘儿们也不行》、《"论语一年"》、《四库全书珍本》、《小品文的危机》……

　　经典的论述："生存的小品文，必须是匕首，是投枪，能和读者一同杀出一条生存的血路的东西；但自然，它也能给人愉快和休息，然而这并不是'小摆设'，更不是抚慰和麻痹，它给人的愉快和休息是修养，是劳作和战斗之前的准备。"

　　他还与茅盾、田汉联名发表《欢迎反战大会国际代表的宣言》。世界反对帝国主义战争委员会于 9 月 30 日在上海召开远东会议，他被推选为会议主席团名誉主席，但没有赴会。

　　写作的乐趣，只有真正融入进去的人，才能感受到。

　　写，在源源不断的写作中，体察生之乐趣。

　　在《关于翻译（下）》中，他说出三点："一，指出坏的；二，奖励好的；三，倘没有，则较好的也可以。"

　　9 月到 10 月，一篇跟着一篇，思想者的果实。

《礼》、《打听印象》、《偶成》、《漫与》、《禁用和自造》、《喝茶》、《看变戏法》……，即使只是看书的目录，也不能不为他的勤奋而感动。

10月7日，在致胡今虚的信中说："弄文学的人，只要（一）坚忍，（二）认真，（三）韧长，就可以了。不必因为有人改变，就悲观的。"

他的《"感旧"以后（上、下）》，对施蛰存的批评，你来我往，对照着看，很有意思的。以至施蛰存说出了"不想再写什么"的话。

在《作文秘诀》中，他说："有真意，去粉饰，少做作，勿卖弄而已。"

11月，写《选本》，为日本友人题诗："一支清采妥湘灵，九畹贞风慰独醒。无奈终输萧艾密，却成迁客播芳馨。"

12月，作《家庭为中国之基本》，为葛琴《总退却》作序，写《答杨邨人先生公开信的公开信》，编订《南腔北调集》，与西谛（郑振铎）合编的《北平笺谱》出版发行。

正义是人性的首要条件
1934

"正义是人性的首要条件。"将非洲作家索因卡的话，当做标题了。还有另外一句，"你必须在黎明时出发"。

从黑夜中醒来，农历的正月，看到下过一场雪，土地是纯洁的。记住那句话，也是他所有的。

1934 年，他的写作达到了一个高峰期。在写作中生活，在生活中写作。向往美好，坚持正义，无所谓个人的安危。一个人连死都不怕了，还怕什么。

在他的身上，在他的文字中，能读出坚韧不拔的意志、从容淡定的心态、博古通今的学识。

1934 年，他写作的数量是比 1933 年增加了，经济收入却相对减少。"全年累计创收约 5697.62 元，平均每月有 474.80 元，另有 20 美元和 100 日元收入。"上一年收入骤升，与他的部分书籍畅销、版税提高有关。而看他

1934 年的书账，却有增无减："共用买书钱 878.7 元，平均每月约 73.23 元。"

物质生活是根本，精神生活是花朵和果实。生存在两者之间，还有绿叶的衬托，渐渐成长的过程，壮大的过程……

人性，离开了人性，离开了正义的轨道，一切都是虚妄的。

一年开头，不是写作就是买书，还有什么？

1月1日日记："晴，午后访以俟未遇，因往来青阁，购得景宋本《方言》一本，《方言疏证》一部四本，《元遗山集》一部十六本，共泉十八元。"对爱书人来说，书给予太多精神食粮了。3日，买《诗经世本古义》、《南菁札记》。6日，买《陶靖节集》、《洛阳伽蓝记钩沉》……

在1月8日，作《未来的光荣》。"我们要觉悟着被描写，还要觉悟着被描写的光荣还要多起来，还要觉悟着将来会有人以有这样的事为有趣。"又作《女人未必多说谎》，不平则鸣："说谎的原因之一是由于弱。"从"安史之乱"中杨贵妃的悲剧，"就是妲己，褒姒，也还不是一样的事？女人的替自己和男人伏罪，真是太长远了。"20世纪 30 年代，国难当头，"攘内安外。"他记起那首诗：

"君王城上竖降旗，妾在深宫哪得知？二十万人齐解甲，更无一个是男儿！"

愿写的时候，一天两篇杂文：1月17日，《批评家的批评家》、《漫骂》；两封信：《致萧三》、《致黎烈文》。那一代人，普遍的书法好，与用毛笔写作分不开。

1月20日，为所编苏联版画集《引玉集》作后记。他说："历史的巨轮，是绝不因帮闲们的不满而停运的；我已经确切的相信：将来的光明，必将证明我们不但是文艺上的遗产的保存者，而且也是开拓者和建设者。"

1月30日，又写两篇。《"京派"与"海派"》，近官，近商，一方水土，养一方人。《北人与南人》，"北人的优点是厚重，南人的优点是机灵。但厚重之弊也愚，机灵之弊也狡……"他看明白了："缺点可以改正，优点可以相师。相书上有一条说，北人南相，南人北相者贵。我看这并不是妄语。北人南相者是厚重而又机灵，南人北相者，不消说是机灵而又能厚重。昔人之所谓'贵'，不过是当时的成功，在现在，那就是做成有益的事业了。这是中国人的一种小小的自新之路。"言短而意长，知人论世，与读者有益。

二月是最短的月份。不仅从日历上看，而且，农历的春节常在二月。在节日中，在热闹与喧哗中，时光也似乎格外短暂。春光易逝，不知不觉中，二月就过去了，也常常是写作量较少的月份。他在这一个月里，写过十几封信，写了三篇杂文：《〈如此广州〉读后感》、《过年》、《运命》。

三月初，《答国际文学社问》，大意是："一、我大约仍然只能暴露旧社会的坏处。""二、现在也还是战斗的作品更为紧要。""三、抗议统治者及奴才对革命者的拷问，对革命群众的屠杀。"

作《大小骗》、《〈准风月谈〉前记》，他是拾荒者，自然能捡出对读者有用的东西。

他还提到一本生动的书——《朱鲔石室画像》。为《无名木刻集》作序。为英译中国短篇小说集《草鞋脚》作小引。在致陈烟桥的信里，看出他对木刻的爱好。

四月，写《韦素园墓记》，寄托哀思。

在《致魏猛克》的信中，他说："新的艺术，没有一种是无根无蒂，突然发生的，总承受着先前的遗产，有几位青年以为采用便是投降，那是他们将'采用'与'模仿'并为一谈了。"

写有《古人并不纯厚》、《法会和歌剧》、《洋服的没落》、《朋友》、《小品文的生机》、《清明时节》……
他还写了千字文《自传》，总结自己。

看他写作的篇目，有一种感觉：笔耕不辍。从5月到
6月，写诗文达27篇，信43篇，平均每天约两件。思想
的火花，越燃越亮。

《论"旧形式的采用"》、《"夜来香"》、《连图
画琐谈》、《化名新法》、《读几本书》、《推己及人》、
《偶感》、《论秦理斋夫人事》……

"人固然应该生存，但为的是进化；也不妨受苦，但
为的是解除将来的一切苦；更应该战斗，但为的是改革。"

《谁在没落》、《看图识字》，也在5月，写诗《戌
年初夏偶作》：

> 万家墨面没蒿莱，
>
> 敢有歌吟动地哀。
>
> 心事浩茫连广宇，
>
> 于无声处听惊雷。

6月4日，作《拿来主义》："首先要这人沉着，勇猛，

有辨别，不自私。没有拿来的，人不能自成为新人，没有拿来的，文艺不能自成为新文艺。"

《隔膜》、《玩具》、《零食》、《正是时候》、《"此生或彼生"》、《论重译》……

7月，写杂文《难行和不信》、《再论重译》，翻译约五千字的《我的文学修养》，高尔基原作。作家得益于作家，诗人影响着诗人，文学是有传承的。

"写出来罢，写出来试试罢。"

从俄罗斯文学，到法国文学，再到德国文学，列夫·托尔斯泰、契诃夫、屠格涅夫、司汤达、歌德，如果你是他，你会怎么想，怎么写？经典催生经典，生活造就文学，时代呼唤杰作……

《"彻底"的底子》，《买〈小学大学〉记》。7月16日，作《忆韦素园君》："我也还有记忆的，但是，零落得很。我自己觉得我的记忆好像被刀刮过了的鱼鳞，有些还留在身体上，有些是掉在水里了，将水一搅，有几片还会翻腾，闪烁，然而中间混着血丝，连我自己也怕得因此污了鉴赏家的眼目。"

与他感情深的年轻人，女有刘和珍，男有柔石、韦素园……，都不在了。

人生有很多无奈和苦楚。白发人送黑发人，白发人怀念黑发人。

写文章何尝不是一种排遣，一种自我开导，也开导他人的方式。

7月还写了《水性》、《算账》、《玩笑只当它玩笑》，编定中国木刻选集《木刻纪程》并作《小引》："采用外国的良规，加以发挥，使我们的作品更加丰满是一条路；择取中国的遗产，融合新机，使将来的作品别开生面也是一条路。如果作者都不断的奋发，使本集能一程一程的向前走，那就会知道上文所说，实在不仅是一种奢望的了。"又作《〈母亲〉木刻十四幅》序。月底译出果戈里的小说《鼻子》。

8月1日，作《忆刘半农君》，写人物，画龙点睛。陈独秀之直，胡适之深，刘半农之浅，他们之间的远与近，亲与疏……

8月4日，译日本作家立野信之写的《果戈里私观》。"看着俄国文学的好作品，我就常常惊叹，其中出来的人物，竟和生存在我们周围的人们非常之相像。"文学没有国界，读小说，人物命运的牵连，读诗和散文，人性的理解、共鸣，同时存在着矛盾和差异。

8月6日，作《看书琐记》，又作之二。也是为了报纸版面的需要，限制字数，每篇在千字以内。他说："文学有普遍性，但有界限；也有较为永久的，但因读者的社会体验而生变化。北极的遏斯基摩人和非洲腹地的黑人，我以为是不会懂得'林黛玉型'的；健全而合理的好社会中人，也将不能懂得，他们大约要比我们的听讲始皇焚书，黄巢杀人更其隔膜。——有变化，即非永久，说文学独有仙骨，是做梦的人们的梦话。"不仅是过去了的事，即使发生在身边的，也会想，那可能吗？

8月7日，写《从孩子的照相说起》；8月8日，译《艺术都会的巴黎》；8月9日，作《〈译文〉创刊号前记》。他说到："文字之外，多加图画。"的确，书也罢，报刊也罢，图文并茂便有意思了。

8月13日，作《趋时和复古》、《安贫乐道法》；8月14日，《奇怪（二）》；8月17日至20日，作论文《门外文谈》，约万字，框架：一、开头。二、字是什么人造的？三、字是怎么来的？四、写字就是画画。五、古时候言文一致么？六、于是文章成为奇货了。七、不识字的作家。八、怎么交代？九、专化呢，普遍化呢？十、不必恐慌。十一、大众并不如读书人所想象的愚蠢。十二、煞尾。

这期间，作历史小说《非攻》。

8月23日，因内山书店职员被国民党当局配合租界捕房逮捕，他离寓至千爱里（今山阴路二弄）暂避；9月18日返寓。

不论哪种体裁的作品，写到一种极致的美，都很难。有的可比，有的不可比。人的精力有限，我们不能求全责备，为什么没有这样写，为什么没有那样写，为什么不能再沉一沉，为什么？一篇文章有自己的缘由，一部书有自己的命运。

9月6日，他写《做"杂文"也不易》。有人苛责作家写杂文，他为杂文辩护。9月9日，译《饥馑》。9月14日，译《俄罗斯的童话》二篇。

高尔基说："他相信，做这诗的人，当否定人生以前，是也如他的找寻一样，苦恼得很长久，一面在人生里面，找寻过那意义来的。"

9月24日，写《中国语文的新生》。9月25日，石介从日文译他的《上海所感》，发《文学新地》；这一天，他写《中秋二愿》、《商贾的批评》、《考场三丑》、《中国人失掉自信力了吗》。"我们从古以来，就有埋头苦干的人，有拼命硬干的人，有为民请命的人，有舍身求法的人，……虽是等于为帝王将相作家谱的所谓'正史'，也往往掩不住他们的光耀，这就是中国的脊梁。"

9月29日，题诗《秋夜偶成》，有句："中夜鸡鸣风雨集，起然烟卷觉新凉。"9月30日，作《"以眼还眼"》。

一篇接一篇的杂文，一发而不可收。

杂文不杂，有艺术性的杂文，是既好读，又耐读的。

10月1日，作《又是"莎士比亚"》；10月2日，作《点句的难》；10月4日，作《说"面子"》……

致萧军的信，10月9日夜里写的，谈起写作："不必问现在要什么，只要问自己能做什么。现在需要的是斗争的文学，如果作者是一个斗争者，那么，无论他写什么，写出来的东西一定是斗争的。"又说到自己的《野草》："技术并不算坏，但心情太颓唐了，因为那是我碰了许多钉子之后写出来的。"在信里，能畅谈文学的人，也不是很多。萧军是他比较看重的年轻作者。

10月16日，《译文》刊发他译的西班牙·巴罗哈《〈山民牧歌〉序文》、法国·纪德《描写自己》。

"我所挑选的，是与其言语，不如文章，与其新闻杂志，不如单行本，与其投时好的东西，不如艺术作品。"

10月23日，作《运命》，他说："人而没有'坚信'，狐狐疑疑，也许并不是好事情，因为这也是所谓'无特操'。但我以为信运命的中国人而又相信运命可以转移，却是值得乐观的。"

10月27日午后，写《准风月谈》后记。"因为做文人不比做官或是做生意，究竟用不到多少本钱，一枝笔，一些墨，几张稿纸，便是你所要预备的一切。无本钱生意，人人想做，所以文人便多了。"这是邵洵美的观点，还停留在表层。正义呢？生命的意义呢？一切远没有那么简单。

10月31日，做《脸谱臆测》。

这一个月他的杂文集《二心集》被审查机关抽掉多篇，合众书店将删存稿改名《拾零集》出版。

"崇拜名伶原是北京的传统。"11月1日，写《略论梅兰芳及其他》（上、下），他欣赏有阳刚之气的文艺。

也就是这一天夜里，他在致窦隐夫的信里，谈论新诗："诗歌虽有眼的看和嘴唱的两种，也究以后一种为好；可惜中国的新诗大概是前一种。没有节调，没有韵，它唱不来；唱不来，就记不住，记不住，就不能在人们的脑子里将旧诗挤出，占了它的地位。""我以为内容且不说，新诗先要有节调，押大致相近的韵，给大家容易记，又顺口，唱得出来。但白话要押韵而又自然，是颇不容易的，我自己实在不会做，只好发议论。"这些话，常被评论家引来引去。

他有时也是随便说说的，就像写《随便翻翻》一样。他说："翻来翻去，一多翻，就有比较，比较是医治受骗的好方子。"

11月，还作有《拿破仑与隋那》，译契诃夫《假病人》、《簿记课副手日记抄》、《那是她》。

在致萧军、萧红的信里，说到不大看中国作家的作品，常看外国人的小说、论文，对个人的作品，"最好是抄完后暂且不看，搁起来，搁一两个月再看。"

作《答〈戏〉周刊编者信》、《骂杀与捧杀》、《中国文坛上的鬼魅》、《读书忌》。

12月4日，致孟十还的信："我看先生以后最好是译《我怎么写作》，检查既不至于怎样出毛病，而读者也有益处。"他这里说的即《果戈里是怎样写作的》。

在给萧军、萧红的信中写道："一个作者，离开本国后，即永不会写文章了，是常有的事。我到上海后，即做不出小说来。"写作需要土壤、阳光、雨露。

"比较，是最好的事情。"记住他在《关于新文字——

答问》中的话。

12月9日夜，他题赠许广平《芥子园画谱三集》上的诗："十年携手共艰危，以沫相濡亦可哀；聊借画图怡倦眼，此中甘苦两心知。"友情、爱情、亲情，三情合一。

又为友人写字，也包括《自嘲》："运交华盖欲何求，未敢翻身已碰头。破帽遮颜过闹市，漏船载酒泛中流。横眉冷对千夫指，俯首甘为孺子牛。躲进小楼成一统，管它冬夏与春秋。"

12月11日，为《文学》作《病后杂谈》，约六千字。他说："将来我死掉之后，即使在中国还有追悼的可能，也千万不要开追悼会或者出什么纪念册。因为这不过是活人的讲演或挽联的斗法场，为了造语惊人，对仗工稳起见，有些文豪们简直不恤于胡说八道的。……其实也并无益处，挽联做得好，不过是挽联做得好而已。"只要涉及到死，他的文字就特别精彩。

12月20日，作《集外集》序言。12月21日，写散文《阿金》。

12月他与西谛以"版画丛刊会"名义重印明代胡正言《十竹斋笺谱》，在北平印成。

高峰体验中的高峰
1935

　　没有哪一年像1935年那样，他写作、翻译的数量之大，积累的文稿之多。在《鲁迅著译编年全集》中，从最初的11年1卷，7年1卷，再到2年1卷，1年1卷，而1年编成2卷的，只有三个年份：一是1929年，二是1934年，三是1935年，而页码最多的就是1935年了。

　　生命不息，写作不止。

　　从元月1日下午着手译《金表》起，到12日，译讫。420字一页的稿纸，用了111页。算算吧，他12天译了多少字？又作《译者的话》。1月15日，为《译文》译契诃夫短篇小说《坏孩子》、《暴躁人》。他写了《中国新文学大系》小说二集编选感想："这是新的小说的开始时候。技术是不能和现在的好作家相比较的，但把时代记在心里，就知道那时候很少有随随便便的作品，内容当然更和现在不同了，但奇怪的是二十年后的现在的有些作品，却仍然赶不上那时候的。"这话也预示了多年后的一种小说轮回。没有影响时，认真与精细；有了影响后，粗制与滥造。不仅是小说，诗歌与散文，同样存在这种现象。

1月16日，为叶紫《丰收》作序。他说："作者写出创作来，对于其中的事情，虽然不必亲历过，最好是经历过。……我所谓经历，是所遇、所见、所闻，并不一定是所作，但所作自然也可以包含在里面。"又说："迎面唾天，掉在自己的眼睛里，天下真会有这等事。"

1月24日，作《小说旧闻钞》再版序言；1月25日，写《隐士》；1月26日，有《"招贴即扯"》；他在1月29日写给萧军、萧红的信里，说到自己："从弄笔以来，有一种坏习气，就是一样事情开手，不做完就不舒服，也不能同时做两件事，所以每作一文，不写完就不放手，倘若一天弄不完，则必须做到没有力气了，才可以放下，但躺着也还要想到。"

本月，还作《势所必至，理有固然》。

写作，听从内心的召唤，服从智力的驱使，也就会有生命的高峰体验了。

书，离不开的精神食粮。2月1日，许广平去中国书店，为他买《松隐集》、《董若雨诗文集》、《南宋六十家集》。

2月4日夜，致李桦的信，谈到艺术的核心："如果内容的充实，不与技巧并进，是很容易陷入徒然玩弄技巧的深坑里去的。"又说："一个艺术家，只要表现他所经验的就好了，当然，书斋外面是应该走出去的，倘不在什么漩涡中，那么，只表现些所见的平常的社会状态也好。日本的浮世绘，何尝有什么大题目，但他的艺术价值却在的。如果社会状态不同了，那自然也就不固定在一点上。"

如果留心，就能体察一种脉络，在大作家的书信中，自然流露出对文艺的觉悟，有时比写的论文还要好。学习写作，不能忽视他们的书信和日记。

还原人的本身，他也有着多面性。2月9日致萧军、萧红的信："我也时时感到寂寞，常常想改掉文学买卖，不做了，并且离开上海。不过这是暂时的愤慨，结果大约还是这样的干下去，倒真的干不来的时候。"人都一样的。

2月15日，作《书的还魂和赶造》、《"骗月亮"》；2月18日，写《漫谈"漫画"》，他说："漫画的第一件紧要事是诚实，要确切的显示了事件或任务的姿态，也就是精神。"真实是一种力量，诚恳是一种态度，艺术的根就扎在这里。

2月，着手译果戈里《死魂灵》。

打开一本书，看序与跋，如果将书形容为一栋房子，那么，序就像院内前门的长廊，了解大致格局；跋则像后花园，林木花草……，总之，好的序跋，是书的门面，是认识书的捷径，如果有门面和捷径的话。

他写于3月2日的《中国新文学大系·小说二集》序，有助于认识那个年代的小说创作，而且，学者的小说耐读。他也罢，俞平伯也罢，废名也罢……如果没有创作实践，论文也不会写得那么生动。自然，作家不一定是学者，但学者应该首先是作家。

《非有复译不可》，《论讽刺》，连续译《俄罗斯童话》，译《波斯勋章》……，3月，为田军做《〈八月的乡村〉序》，为徐懋庸作《打杂集》序，还写了《从"别字"说开去》。

4月2日，作《人生识字胡涂始》，说到写作："倘要明白，我以为第一是在作者先把似识非识的字放弃，从活人的嘴上，采取有生命的词汇，搬到纸上来；也就是学学孩子，只说些自己的确能懂的话，至于旧语的复活，方言的普遍化，那自然也是必要的，但一须选择，二须有字典以确定所含的意义……"

校阅所译的《表》，在致萧军的信中说："一个作者，'自卑'固然不好，'自负'也不好的，容易停滞。我想，顶好是不要自馁，总是干；但也不可自满，仍旧总是用功。"

《"文人相轻"》，《"京派"和"海派"》，在4月4日写的杂文中，他说了一句惊世骇俗的话："我宁可向泼剌的妓女立正，却不愿意和死样活气的文人打棚。"极端中的调侃。

4月18日记："昙。晨咳嗽大作，至午稍减。"那时他的身体已很虚弱了。

应该怎么写，不应该怎么写；为什么有人能写好，为什么有人没有写好？

他在4月23日作《不应该那么写》："多看大作家的作品。"他引惠列赛耶夫《果戈里研究》中的话："应该这么写，必须从大作家们的完成了的作品去领会。那么，不应该那么写这一面，恐怕最好是从那同一作品的未定稿本去学习了。在这里，简直好像艺术家在对我们用实物教授。恰如他指着每一行，直接对我们这样说——'你看——哪，这是应该删去的。这要缩短，这要改作，因为不自然了。在这里，还得加些渲染，使形象更加显豁些。'"这作者著有《果戈里是怎样写作的》。后来译作魏列萨耶夫（1867——1945），俄国著名作家，卓越的文学研究家。也是被鲁迅看重的作家。

"凡是已有定评的大作家，他的作品，全部就说明着'应该怎样写'。"

4月29日，为日本改造社作日文稿《在现代中国的孔夫子》。

5月3日，以"答文学社问"为由，写《六朝小说和唐代传奇文有怎样的区别？》、《什么是"讽刺"？》、《论"人言可畏"》、《再论"文人相轻"》……

那时的日记中，多有去医院的记录，有时是为孩子，有时是为自己。

5月，杨霁云编、他校订并作序的《集外集》由上海群众图书公司出版。

胡风、李霁野、黄源、萧军、孟十还……，是常通信的人。

6月4日，为《全国木刻联合展览会专辑》作序；6月6日，写《文坛三户》、《从帮忙到扯淡》；9月9日，作《"题未定"草》。

他对李桦有好感，从书信里能看出。他自己"非病即忙"，他爱版画，他愿意将零星的意见表达出来，以供参照。他与赖少麒、与唐英伟，多有交流。

"文章应该怎样做，我说不出来，因为自己的作文，是由于多看和练习，此外并无心得或方法的。"

本月，他的《中国小说史略》已印行第10版。

7月1日，作《名人和名言》。他说："博识家的话多浅，专门家的话多悖。"又作《"靠天吃饭"》。

7月4日，他致孟十还的信："《果戈里怎样工作》我看过日译本，倘能译到中国来，对于文学研究者及作者，是大有益处的，不过从日文翻译，大约未必译得好。现在先生既然得到译本，我的希望是给他们彻底的修改一下，虽然牺牲太大，然而功德无量，读者也许不觉得，但上帝一定加以保佑。"

他又写《几乎无事的悲剧》、《三论"文人相轻"》。

译《死魂灵》，译得很苦。名作家翻译名著，也有其难处。

8月8日，作《俄罗斯童话》小引。8月13日、14日，写《四论"文人相轻"》、《五论"文人相轻"》，作文要"切帖"。8月16日，写《"提未定"草》；8月23日，作《论毛笔之类》、《逃名》。

从他的日记与信里，能看到不少有益的信息。书与书之间是有裙带关系的。如果爱一个人写的书，那么也会喜欢上他喜欢过的书。

《植物集说》、《宋人轶事汇编》、《北曲拾遗》、《唐宋元明名画大观》、《嵇中散集》……，这是他在9月的日记中提到的书。

9月14日、15日他将所译的8篇契诃夫小说结集为《坏孩子和别的奇闻》，并作《前记》及《译者合记》。那是契诃夫说的："必须要多写！你起始唱的是夜莺歌，如果写了一本书，就停止住，岂非成了乌鸦叫！就依我自己说：如果我写了头几篇短篇小说就搁笔，人家决不把我当做作家。"

9月，《门外文谈》单行本由上海天马书店出版。

10月6日夜，译完《〈死魂灵〉第一部附录》，约1.8万字。他那时译得很累。10月17日夜，《〈死魂灵〉序言》译毕，约1.2万字。他在致孟十还的一封信中说："我们不会用阴谋，只能傻干……"

《死魂灵》是俄罗斯文学中第一部有艺术价值的长篇小说，果戈里是先行者。"做《死魂灵》的工作，在作者是一个大欢喜，也是一个大苦痛。当他的诗整页的好像自己从笔端涌出的时候，他感到一种高尚的享乐和内心的满足……，这工作果戈里整做了十六年。"

在致孟十还的信里说："应该多译点别国人做的评传，给大家看看。"

10月22日，为纪念1935年6月18日牺牲的瞿秋白，着手编辑逝者生前的译文集《海上述林》。

10月31日，"校《死魂灵》第一部讫"。

在他所扶植的文学青年中，萧红的文风有更多他的气息在，写他的文字也生动。

11月14日，为萧红作《〈生死场〉序》，他对萧红有一种长辈的爱。"这正是奴隶的心！"他虽然不大稀罕亲笔签名制版之类，但只要她需要，还是写了，字写得太大，告诉说："制版时可以缩小的。"

11月25日，为孔令境编《当代文人尺牍钞》作序。"日记或书信是向来有些读者的。先前是在看朝章国故，丽句清词，如何抑扬，怎样请托，于是还害得名人连写日记和信也不敢随随便便。晋人写信，已经得声明'匆匆不暇草书'，今人做日记，竟日日要防传钞，来不及出版。王尔德的自述，至今还有一部分未曾公开，罗曼·罗兰的日记，约在死后十年才可发表，这在我们中国恐怕办不到。"

11月29日，夜作小说《理水》，8千字。雨天里写的。

也是在这个月，萧三自莫斯科来信传达有关解散"左联"的建议，此信由他转交。

12月2日，作《杂谈小品文》。12月5日午后，他为挚友许寿裳书一小幅，《亥年残秋偶作》：

> 曾惊秋肃临天下，
> 敢遣春温上笔端。
> 尘海苍茫沉百感，
> 金风萧瑟走千官。
> 老归大泽菰蒲尽，
> 梦坠空云齿发寒。
> 竦听荒鸡偏阒寂，
> 起看星斗正阑干。

人生还有诗情，还能保持一种感觉，即使打杂，即使不如意十有八九，也是美的。

他的《"题未定"草》，从之六到之九，写得好就好在看似是水，却是高浓度的酒。香醇，绵长，有韵味。一个徘徊在雅俗之间的人。他说："石在，火种是不会绝的。"

12月23日，写《论新文字》，易学的往往不精密，而过于精密的又不易学。汉语的魅力很大，却是不好掌握火候的。

他为日本三笠书坊《陀思妥夫斯基全集》普及本作《陀思妥夫斯基的事》。他说："回想起来，在年青时候，读了伟大的文学者的作品，虽然敬服那作者，然而总不能爱的，一共有两个人。一个是但丁，那《神曲》的《炼狱》里，就有我所爱的异端在。""还有一个，就是陀思妥夫斯基。一读他二十四岁时所作的《穷人》，就已经吃惊于他那暮年似的孤寂。"

12月24日，他出资复印俄国画家阿庚所作《死魂灵百图》，并作《小引》。他那时对与果戈里有关的东西，都感兴趣。

12月26日晚，编讫《故事新编》，并写《序言》。一本书，前后13年，借古喻今，同时收录新写的《采薇》、《出关》、《起死》，全书约有6万余字。

12月29日，作《〈花边文学〉序言》；12月30日，写《〈且介亭杂文〉序言》又写《附记》。

"我们活在这样的地方，我们活在这样的时代。"

12月，他着手编《集外集拾遗》，后因病中断。

这一年，他还据日文稿译了自己的《关于中国的两三件事》，作《〈且介亭杂文二集〉序言》，为内山完造作《〈活中国的姿态〉序》。写《〈中国小说史略〉日本译本序》，"这一本书，不消说，是一本有着寂寞的运命的书"。

"1935年共收入5671.37元，平均每月收入472.61元。（当年有日元350元收入）。"

人，当处在高峰体验的创作中时，也许不会觉得劳累，但时间长了，自然而然会有一种疲惫感，只是坚韧而已。也许是创作的快感冲淡了一切，灵魂在高处飞翔，生活在低处，梦想在未来的某个地方。

也就是在1935年12月，在瓦窑堡召开的西北抗日救国代表大会上，他与宋庆龄、蔡廷锴、毛泽东、朱德等同被选举为名誉主席。

他已超出了文学艺术界，而成为思想领域中的一面旗帜了。

终生的努力，便成天才
1936

如果我们确信，在中国现当代文学史上，有天才的话，那么他是当之无愧的。他所涉猎之广，挖掘之深，关照之细，体察之美，提炼之精，预言之准……一百多年以来，有谁能企及。

陈独秀在《我对于鲁迅之认识》中说："鲁迅先生的短篇幽默文章，在中国有空前的天才，思想也是先进的。"

史沫特莱在《追念鲁迅》中说："鲁迅是中国现代作家当中惟一具有我们所谓'天才'的那种奇异而稀有的品性的人。中国原有许多有天才具有能力的作家。但鲁迅是惟一天才的作家。"

郁达夫在《怀鲁迅》中说："没有伟大的人物出现的民族，是世界上最可怜的生物之群；有了伟大的人物，而不知拥护、爱戴、崇仰的国家，是没有希望的奴隶之邦。"

越读他的书，就越是热爱他。他是灯塔，照耀出希望之光；也是道路，通向理想之境……

1936 年，在他有生之年，在他弥留之际，仍在不停地学习、耕耘、写作……

宋庆龄在《促鲁迅先生就医信》中说："你的生命，并不是你个人的，而是属于中国和中国革命的！！！为着中国和革命的前途，你有保存、珍重你身体的必要，因为中国需要你，革命需要你！！！"

《〈且介亭杂文二集〉后记》是跨年度写成的，从1935 年 12 月 31 日夜到 1936 年 1 月 1 日晨。他说："我以为要论作家的作品，必须兼想到周围的情形。"

1 月 28 日，午后得到了杨廷君寄给他的 50 幅南阳汉画像拓片。为所编《凯绥·珂勒惠支版画选集》作《序目》，他认为："在女性艺术家之中，震动了艺术界的，现代几乎无出于凯绥·珂勒惠支之上——或者赞美，或者攻击，或者又对攻击给她以辩护。"

与他有同感的艺术，有共鸣的木刻，有感应的语言："人没有忘记她。谁一听到凯绥·珂勒惠支的名姓，就仿佛看见这艺术。这艺术是阴郁的，虽然都在坚决的动弹，集中于强韧的力量，这艺术是统一而单纯的——非常之逼人。"

艺术在一定的高度，是相通的。霍夫德曼给她的书简："你的无声的描线，侵人心髓，如一种惨苦的呼声：希腊和罗马时候都没有听到的呼声。"罗曼·罗兰说："凯绥·珂勒惠支的作品是现代德国的最伟大的诗歌，他照出穷人与平民的困苦和悲痛……"

这一本画集，在5月以"三闲书屋"名义出版，他不遗余力地介绍她的艺术："只要一翻这集子，就知道她以深广的慈母之爱，为一切被侮辱和损害者悲哀，抗议，愤怒，斗争；所取的题材大抵是困苦，饥饿，流离，疾病，死亡，然而也有呼号，挣扎，联合和奋起。"女性的特有的，仅有的慈爱，黑暗中的微光……

他常常给母亲写信，报着平安。2月1日，他写道："上海并不甚冷，只下过一回微雪，当夜消化了，现已正月底，大约不会再下。"

那时，《故事新编》出了精装本和平装本，他自己觉得除了《铸剑》，其他真是"塞责"的东西，不免"油滑"。还会为《海燕》写点短文。

在写给沈雁冰的信中，说："现在就觉得'春天来了'，未免太早一点——虽然日子也确已长起来。恐怕还是疲劳的缘故罢。"在致阮善先的信里,说到像甘地那样,才是"言行一致","但中国的读书人,却往往只讲空话,以自示其不凡了。"

2月17日,作《记苏联版画展览会》,结合本国的实际,他的理解:"版画之中,木刻是中国早已发明的,但中途衰退,五年前从新兴起的是取法于欧洲,与古代木刻并无关系。"却是很有用处的,传播思想,表达感情,追求理想。2月23日,他们一家人往青年会去看展览,他还花了二十美金,定了三枚木刻。同一天,为日本改造社作日文稿《我要骗人》。

2月25日,始译果戈里的小说《死魂灵》第二部(残稿)。

他说起过《故事新编》是游戏之作。而喜欢木刻,又何尝不是一种消遣。3月2日午后,收到外国友人寄的信并三幅木刻:《少年歌德像》、《古物广告》、《波斯诗人哈斐支诗集首叶》。"下午骤患气喘,即请须藤先生来诊,注射一针。"肺病转剧,体重已下降至37公斤。

3月8日,"须藤先生来诊,云已渐愈"。作《〈译文〉复刊词》:"先来引几句古书,——也许记得不真确,——庄子曰:'涸辙之鲋,相濡以沫,相煦以湿,——不若相忘于江湖。"他说："我们知道感谢，我们知道自勉。"

是在 2 月，他写信给中共中央，赞扬红军长征"是中华民族解放史上最光荣的一页"（据 1936 年 10 月 28 日保安刊印的《红色中华》报），"在你们身上，寄托着人类和中国的将来。"（据 1947 年 7 月 27 日太行版《新华日报》）他是有预见性的，在黑暗中，他已看到了曙光。

3 月 10 日，作《〈亚力克舍夫木刻城与年之图〉小引》；3 月 11 日，为白莽诗集《孩儿塔》作序，他说："一个人如果还有友情，那么，收存亡友的遗文真如捏着一团火，常要觉得寝食不安，给它企图流布的。这心情我很了然，也知道有作序文之类的义务。我所惆怅的是我简直不懂诗，也没有诗人的朋友，偶尔一有，也终至于闹开，不过和白莽没有闹，也许是他死得太快了罢。现在，对于他的诗，我一句也不说——因为我不能。"

那时的新诗，还很幼稚，一切还处在萌芽中……，的确，新诗易学而难工，旧诗难学而易工。

序，只要对照着读，也不难看出他的深邃、博大、精到。

3 月 11 日，他在致杨晋豪的信中说："病还没有好。我不很生病，但一生病，是不大容易好的。"他不会没有预感，还是不停地写。3月17日，致唐弢："学外国文，断断续续，是学不好的。"3月18日致欧阳山、草明："其实我的生活，也不算辛苦。数十年来，不肯给手和眼睛闲空，是真的，但早已成了习惯，不觉得什么了。""中国要做的事很多，而我做得有限，真是不值得说的。不过中国正需要肯做苦工的人，而这种工人很少，我又年纪渐老，体力不济起来，却是一件憾事。这以前，我是不会受大寒或大热的影响的。""现在是想每天的劳作，有一个限制，不过能否实行，还是说不定，因为作文不比手艺，可以随时开手，随时放下的。"

他喜欢有特色的书，像《日本初期洋风版画集》、《聊斋外书磨难曲》。

积习难改，做什么事都离不开习惯。

3月下旬，做《〈海上述林〉上卷序言》，念念不忘地想为瞿秋白做点什么，就像瞿秋白当年为他编《杂感选集》一样。人是有心愿要了结的。

4月1日，作《我的第一个师父》，褪尽了火气，语言炉火纯青，娓娓道来。也就是在这一天，他还写了三封信，致母亲、致曹白、致曹靖华。他说："近来有一些青年，很有实实在在的译作，不求虚名的倾向了，比先前的好用手段，进步得多；而读者的眼睛，也明亮起来，这是一个较好的现象。"

4月2日，得到三本书：《苦竹杂记》，《爱眉小札》，《近世锦绘世相史》。

王冶秋曾有心为他编《序跋集》，他在4月5日夜，写了回信："我在这里，有些英雄责我不做事，而我实日日译作不息，几乎无生人之乐，但还要受许多闲气。有时真令人愤怒，想什么也不做，因为不做事，责备也就没有了。""序跋你如果集起来，我看是有地方出版的；不过有许多篇，只有我有底子，如外国文写的，及给人写了而那书终未出版的之类，将来当代添上。"他还谈到自己的写作："我的文章，未有阅历的人实在不见得看得懂，而中国的读书人，又是不注意世事的居多，所以真是无法可想。"

那书在他生前未来得及出版，在68年后，终于由山东画报出版社分两卷出版了。

《写于深夜里》，约七千字，是在4月7日夜里完成的。雷雨一阵。开始写道："野地上有一堆烧过的纸灰，旧墙上有几个划出的图画，经过的人是大抵未必注意的，然而这些里面，各各藏着一些意义，是爱，是悲哀，是愤怒，……而且往往比叫了出来的更猛烈。也有几个人懂得这意义。"

他的文字不仅能影响民众的思维，而且能影响作家的写作。

在20世纪二三十年代，他眼见或亲历过太多不幸的事件，欲哭无泪，欲言又止。"我每当朋友或学生的死，倘不知时日，不知地点，不知死法总比知道的更悲哀和不安；由此推想那一边，在暗室中毙命于几个屠夫的手里，也一定比当众而死的更寂寞。"不把人当人，让他想到但丁的《神曲》，那《地狱》中的景象，比起现实的冷酷、惨苦，也算是仁厚了。那是一个什么样的时代？

4月11日，作《续记》。

4月15日，致颜黎民信："专看文学书，也不好的。先前的文学青年，往往厌恶数学，理化，史地，生物学，以为这些都是无足轻重，后来变成连常识也没有，研究文学固然不明白，自己做起文章来也胡涂，所以我希望你们不要放开科学，一味钻在文学里。"

4月16日，写《三月的租界》，是对化名狄克的张春桥的批驳。狄克挑剔田军（萧军）《八月的乡村》，"里面有些还不真实"，"不该早早地从东北回来"。求全责备，有点聪明过头了。弄到萧军要和张春桥格斗。

4月30日，作《〈出关〉的"关"》，他谈到："作家的取人为模特儿，有两法。一是专用一个人。二是杂取种种人，合成一个。"从中尽可以去发挥想象了。

月末，作《〈海上述林〉下卷序言》。

整个5月，除了信和日记，几乎没再写什么。

木刻版画，给了他快乐。而进步的青年木刻家力群、曹白，都是他看重的。

他也会在信里倾诉几句："说起我自己来，真是无聊之至，公事，私事，闲气，层出不穷。刊物来要稿，一面要顾及被禁，一面又要不十分无谓，真变成一种苦恼，我称之为'上了镣铐的跳舞'。"5月4日，至曹白的信。

从他的日记看，从5月下旬起，病情渐渐加重，开始发起低烧来了，到了6月，还是不见好转。6月3日，致唐弢短信："我病加重，连字也不会写了，但也许就会好起来。"

6月9日，口授《答托洛斯基派的信》；6月10日，口授《论现在我们的文学运动》。

6月中旬，与巴金等人联名发表《中国文艺工作者宣言》。

进入 7 月，须藤每天来给他注射。除此之外，书多多少少能给他一点温情，《永乐大典》、《水经注》、《苏联版画集》，还会自己动手略微整理《珂勒惠支版画集》。身体是本钱，身体出了问题，是大事，很无奈的。"连文章也无力看了，字更不会写。"

持续发着烧……

还在牵挂着瞿秋白的书，7 月 17 日，致杨之华的信，他的精力已大不如从前了。

在病中，坚持着做点什么，是生命的需要。

7 月 21 日，作《〈呐喊〉捷克译本序言》："我们彼此似乎都不很互相记得。但以现在的一般情况而论，这并不算坏事情，现在各国的彼此念念不忘，恐怕大抵未必是为了交情太好了的缘故。自然，人类最好是彼此不隔膜，相关心。然而，最平正的道路，却只有用文艺来沟通，可惜走这条道路的人又少得很。"

一面在病中打着针，一面还在工作。

7 月 27 日，将新出的《凯绥·珂勒惠支版画选集》赠他终生的挚友许寿裳：

　　印造此书，自去年至今年，自病前至病后，手自
经营，才得成就，持赠
　　季市一册，以为记念耳。

　　一种友谊，保持长达三十多年，那其中人格的魅力，
惺惺相惜，心心相印的情怀，也就可想而知了。

　　真实的人，真实的生活，真实的文字。

　　看他写于 8 月 1 日的日记："昙。上午邀内山君并同
广平携海婴往问须藤先生疾，赠以苹果汁一打，《珂勒惠
支版画选集》一本，即为我诊，云肺已可矣，而肋膜间尚
有积水，衡体重为三十八.七启罗格兰，即八五.八磅。下
午孔若君来。得明甫信。内山书店送来《漱石全集》一本，
一元七角。晚河清来。蕴如来。三弟来。夜雨。"

　　8 月 3 日作《答徐懋庸并关于抗日统一战线问题》。

　　"倘能生存，我当然仍要学习。"

　　久在病中。8 月 13 日，"夜始于谈（痰）中见血"。
病情加重了。8 月 15 日，《答世界社信》，作《答问》。

　　8 月 23 日，写《"这也是生活"……》，他说："我
先前往往自负，从来不知道所谓疲劳。书桌面前有一把圆椅，

坐着写字或用心的看书，是工作；旁边有一把藤躺椅，靠着谈天或随意的看报，便是休息；觉得两者并无很大的不同，而且往往以此自负。现在才知道是不对的，所以并无大不同者，乃是因为并未疲劳，也就是并未出力工作的缘故。"

疾病是无情的，你平时不在乎它，它却是在乎你的。

"删夷枝叶的人，决定得不到花果。"

身体不好的时候，脾气也会变得不好了。

写作，俨然是生活的一部分，生命的一部分。他说；"战士的日常生活，是并不全部可歌可泣的，然而又无不和可歌可泣之相关联，这才是实际上的战士。"

从8月27日，陆续作了7篇《立此存照》。

9月5日，写杂文《死》，一谈到这个字，他就来了精神，是在交代后事，类似遗嘱的七条：

一、不得因为丧事，收受任何人的一文钱。——但老朋友的，不在此例。

二、赶快收敛，埋掉，拉倒。

三、不要做任何关于纪念的事情。

四、孩子长大，倘无才能，可寻点小事情过活，万不可去做空头文学家或美术家。

六、别人应许给你的事物，不可当真。

七、损着别人的牙眼，却反对报复，主张宽容的人，万勿和他接近。

然后，又写道："让他们怨恨去，我也一个都不宽恕。"

9月19日、20日，作杂文《女吊》。

10月8日，抱病往青年会，参观第二回全国木刻流动展览会，并与青年木刻作者座谈。

10月17日，写出最后一篇文章：《因太炎先生而想起的二三事》。

10月19日清晨五时二十五分在大陆新邨九号寓所去世。18日的日记："星期。"

"1936年1至10月（9、10月已病危）。共收入2574.94元，平均每月收入321.99元。"（陈明远）

他生前曾说起过："与其不工作而多活几年，倒不如赶快工作而少活几年的好。"又说："哪里有天才，我是把别人喝咖啡的工夫都用在工作上的。"

他不是天才，谁是天才？

他最后的12年，写作的数量竟占了二十卷全集中的十五卷！

他的文字源于对这个世界的爱！

他为生命赢得了尊严，为文学艺术赢得了尊严！

附录

生长在 1925 年的野草

凡是鲁迅先生的书，只要能找到的，我尽量找来看过了。

又因为写过两部，编过两本先生的书，有时也会提醒自己，尽量少写或不写这方面的文字。在一个点上，说多了，写多了，很难写出新意，但书还是要读的。

一套毛边书，还有手稿本，以及日记、书信，即便随手翻翻，也很过瘾。

深更半夜的，电闪雷鸣。做过了稀奇古怪的梦，既有生者，又有逝者，在同一个时空里好像说起过什么，又好像一味沉默着，欲言又止的样子。记忆的碎片。实在睡不着了，索性起床，走到书房里，打开灯，呆呆地坐上一会儿，也便拿起这一本《野草》，正好看到《过客》，边读边出现幻觉，那老翁是谁？那女孩是谁？那过客又是谁？

如果找三个人，自导自演，是可以排练话剧的。现成的台词，人生中的舞台，舞台上的人生。三个人的角色，作者没有明说，读者是可以对号入座，想入非非了。

这收入散文诗集的文章，叫什么并不重要，重要的是美文，有纪实，有想象；既是灵感的火花，又是理性思考的产物，写于1925年的3月2日，是为自己写的，也是为她写的。

老翁有他的影子，有蔡元培的影子，有想象中的她的父亲的影子，一个被典型化了的智者的影子。

女孩呢，是许广平罢，还有许羡苏，以及女师大的学生们的影子。未知的，已知的；陌生的，熟悉的一切。

过客，是他自己，是与他接近的一类人的形象，缱绻与决绝，在途中，在驿站，歇一歇罢，还是要赶路的……

读他1925年的日记，写出的，没有写出的；字面的意思，隐在后面的含义。一个中年人的内敛与张扬，可以说的，不可以说的那些话。

最精彩的一年，最有希望的一年，最有诗意的一年。

诗是勉强不得的，就像爱情，谁也不能勉强谁。只能像野草一样，自然而然地生，自然而然地长，"野火烧不尽，春风吹又生"。种子落在哪里，根扎在哪里，也许风知道，也许云和雨知道。

在先生的创作中,《野草》的艺术性无可置疑。与
1920 年代的世界艺术潮流相一致,站在制高点上。

以数字统计,《秋夜》、《影的告别》、《求乞者》、
《我的失恋》、《复仇》、《复仇》(其二),这 6 篇写
于 1924 年的 9 月至 12 月之间,是《野草》的前奏。

而《淡淡的血痕中——纪念几个死者和生者和未生
者》、《一觉》,则写于 1926 年的 4 月,是尾声。

从秋天到冬天,再到一年后的春天,一个人内心世界
的和谐与冲突,读懂与读不懂的隐衷。

人性的深不可测,意象的突凸与离奇,现实的、超现
实的,意识流的展现,爱抑或不爱,瞻前也要顾后。——
这是人的文学,既扎根于东方的土地,又有欧风美雨。什
么样的种子,长什么样的草,开什么样的花……

北京的土厚,北京的水深,一部《野草》,从 1924
年的秋天到 1926 年的春天,就在这里生长起来了。

至于结集,却是在 1927 年 4 月的广州,就是在那时
写了《题辞》。那是为爱情的远走,那是许广平的广州。
年轻的爱,为一个中年人注入了青春的活力,浪漫的情怀。

人的力量来自于爱,也来自于恨,但归根结底还是来
自于爱。

《野草》是向内挖掘的，是汉语的《恶之花》。

连《题辞》加上，一部书包含 24 篇，而写于 1925 年的就有 15 篇。每一篇都是一粒种子，每一粒种子都长成一棵野草，而每一棵野草都生成更多的种子，更多的野草。

文学也像野草一样，生生不息，茁壮成长。——这顽强的生命力，这刨不尽、挖不绝、烧不光的野草！

1925 年是牛年，乙丑。鲁迅先生 44 岁，许广平女士 27 岁。一个属蛇的，辛巳清光绪七年生；一个属狗的，戊戌，清光绪二十四年生。

他自诩为牛，吃的是草，挤出来的是奶。俯首甘为孺子牛。而牛是离不开草的。

《野草》的基调是阴柔。女性的，唯美的，敏感中的脆弱，激情中的坚韧。在世俗的眼光中，野草极普通，没有玫瑰花的寓义，也没有牡丹花的富贵，更没有莲花的高洁，但写那些花容易，写野草难。这从中更能看出他的才情和境界。

了解《野草》，不能不读他的日记；了解写作的背景，有助于了解原作。

这也算得上最早的朦胧诗了。有倾诉者，就有倾听者。这是诗化了的情书，有担当，有牵挂，有忧虑，有提醒与暗示，有预言和苦闷，也有欢喜与慰藉……

懵懂的，萌动的；跳跃的，穿越的。

被爱唤醒了的梦。了解许广平，也能加深了解《野草》；而认识《野草》，更会深化对他的认识。

神秘的瞬间，爱情是一种感悟，也是碰撞出的火花。光与电的闪烁，既有物理反应，也有化学反应，而最终的反应，升华为文学艺术。

1925 年以前，他知道有许广平这样一个女学生，却没有走近过；1925 年以后，两个人的情谊，已经很明确了。

关键的一步，发生在 1925 年。

《希望》是寂寞的，这寂寞中孕育的作品，创作于这一年的元旦。有过分外的兴奋，有过分外的激动，也才有分外的消沉，以及这分外的寂寞了。

这晴朗的天空，一切是美好的。孙伏园邀请他和许广平、俞藻、俞芳、许钦文等七人一起午餐，下午又去看了电影，晚上才回到家。这是他的日记中第一次出现许小姐的名字，也是他写《希望》的日子，不是在上午，就是在夜里。 —— 这意犹未尽的曙光。

爱情需要预热，需要渐渐地升温，直到沸点。

吃饭是能吃出感情来的。他的母亲是开明的。就在 1

月 25 日，又邀请许广平、俞小姐妹妹、卫小姐午餐。而在一个星期前，也即 18 日，写了《雪》；在 24 日，写了《风筝》，而这一天恰恰是春节。休了几天假，心情挺放松的。28 日作《野草》一篇，即《好的故事》，那时就已想好书名了。

3 月，写《过客》的那一个月，16 日，收到许广平的第一封信；19 日，复信。他们同在北京，开始了频繁的书信往来。爱的信物，想象第一次打开信时的快乐，这里有大欢喜。

《死火》复燃了，更热烈的光芒，是在 4 月 23 日；同一天，还写了《狗的驳诘》。

那是相互暗恋的时光，两颗心在互相吸引着，接近着……

人不能没有梦。有梦就有诗，有诗就有爱，有爱就有期待。

这一个夏天，从一个梦到另一个梦，没有天堂，也就无所谓地狱；爱到一种极致，不会不想到死。

他触及到灵魂的文字，有关生与死的命题，赤裸裸的，想象最多的是身后事。

《失掉的好地狱》，是在 6 月 16 日；《墓碣文》，是在 17 日；《颓败线的颤动》，是在 29 日；《立论》，是在 7 月 8 日；《死后》，是在 7 月 12 日。

自我的剖析，告诉她，不仅在信中，更在这散文诗中，我是谁。

梦是真实的，还原另一个我，阴郁的，冷彻的，孤独的。在得到的同时，是要放弃的；在荣誉的背面，是有丑陋的。人性的底线，矻矻挣扎的心灵，是说不清道不明的苦闷。表现出来的那一部分，是能被接受的。

每个人都有梦。爱好文学的人，没有不做梦的，但最难写出彩的也是梦。

他能说明白的，是写给许广平的信，而看不透彻的，混沌不清的是一种情绪，犹如命运之神的召唤，缪斯赐予的灵感，就有了这些百读不厌的诗篇。

能想到的，都想到了。不可预测的未来，已知的当下，已有的安逸，面临的劳顿、艰辛；选择的两难境遇，注定的悖论。

在一个敢于自我牺牲的年轻女性面前，勇气和胆魄，被激活了。

　　人的才华就像一个个密封的盒子，有的打开了，有的没有打开；有的打开一多半，有的打开一小半……

　　散文诗是一个盒子，小说是一个盒子，散文也是一个盒子，他都打开了。

　　秋天是一个收获的季节，对他来说一点都不为过，同时，也伴随着失落。10 月 13 日，收到平政院通知、章士钊答辩书副本，要求他 5 日内答复。他们真正定情的日子，是在这一年的 10 月。许广平曾赠给他一对枕头，一个绣着"卧游"，一个绣着"安睡"。

　　在他的日记中，整个 10 月，却没有出现过许广平的名字，也没有收信与寄信的记录，一切都印在心里了。

　　《野草》，没有一篇是这个秋天创作的。

　　而在这期间，10 月 17 日创作的《孤独者》，21 日完成的《伤逝——涓生的手记》，也是可以当长篇散文诗读的，尤其是后一篇，是的爱情自白书，是写给许广平的，也是写给自己的。

　　这爱情，既令人沉醉，更促人清醒。

　　活在现实中，仅有爱是不够的。他已想到了最坏的可能。涓生有他的身影，被解聘，失业，没有依托；子涓是不是也有许广平的身影，一往情深，一次又一次打击，梦的破灭，怎么办？

生活有温情，也有冷酷的一面。分手以后，从希望到绝望的路，有多远？恋爱中的男女，两个无助的人，走到一起，会有什么样的结果呢？

这可悲悯的生活，这爱情的挽歌，这过来人的忏悔录。

如果这一篇没有被收入 1926 年 8 月出的《彷徨》，会不会编入《野草》，也未可知。除了更多叙事的情节，除了更长一些，格调是一致的。

爱恨交加，悲欣交集的 1925 年。

一年到头，一发而不可收，既创作，又翻译……靠写作为生，能不能生存下去？不仅要养活自己，还要养活家人。这再实际不过了。

《这样的战士》，12 月 14 日；《聪明人和傻子和奴才》，12 月 26 日；《腊叶》，也是 12 月 26 日。后一篇，是爱的纪念。

认识一个人，寻找一个切入点。

1925 年的背景：

3 月，孙中山逝世。权力交替，党派之争，军阀混战。革命，反革命，反反革命……

与许广平的爱情，生命的转折点，之后，辗转厦门、广州，定居上海的选择。

北京女师大学潮，他义无反顾地站在学生一边。

与章士钊的官司，从精神到物质上的损失，始终无法释怀，不能宽恕。

野草，生命像野草一样，爱情也像野草一样，两个人就这样携手走过来了。

从患难中走过，从幸福之中走过……分担与共享。

《野草》是见证，也是象征。

鲁迅为什么越写越多

理解一个作家不容易，理解一个伟大的作家就更难了。

从热爱一个人的书开始，到对一个人感兴趣。想知道，为什么有的人越写越多，越写越有后劲？为什么有的人恰恰相反？

读书的乐趣在于发现的乐趣，在看似没有用中，变得有用了。

问题也不是什么问题。经典的作家和作品的魅力，在于说不尽，在于未完成性，在于留下的空白，让后来者去说，去完成，去弥补。

止庵、王世家编的二十卷本《鲁迅著译编年全集》（人民出版社），对于喜欢鲁迅的读者来说，是难得的读物。与《鲁迅全集》十六卷本（人民文学出版社），互为参照。

鲁迅为什么越写越多，越写越有后劲？

写作需要寻找到线索，需要题目，需要发现脉络。

根据《鲁迅著译编年全集》分析，他的写作，大致可以划分为三个阶段：

第一，1898 年至 1909 年，沉默阶段。从 17 岁到 28 岁，兴之所至的诗，心血来潮的译介，所学专业的讲稿、科普文章……，只占了全集的一卷。

第二，1910 年至 1924 年，爆发阶段。清末民初，改朝换代。从 29 岁到 43 岁，写随感，写小说，翻译俄罗斯和日本的作品，和胡适、蔡元培、钱玄同、周作人等通信。《孔乙己》、《一件小事》、《故乡》、《阿 Q 正传》、《中国小说史略》、《〈呐喊〉自序》，是这一时期的代表作，占了全集的四卷。

第三，1925 年至 1936 年，成熟阶段。北伐战争，军阀混战，革命风潮，日本入侵，殖民地半殖民地的背景。从 44 岁到 55 岁，生命的最后 12 年，他写散文诗、散文、小说、杂文、评论，搞翻译，参与社会活动，《野草》、《朝花夕拾》、《华盖集》、《且介亭杂文》……，思想性与艺术性的成熟期，文学上的集大成者，竟占了全集的 15 卷。

这 12 年，写作上的喷发、超速、飞跃，是常人难以想象的。第一个阶段是在缓慢地准备着，在沉默中，正如他所说的，"不在沉默中爆发，就在沉默中灭亡"。第二个阶段，在爆发中，呈现出他的深度与高度。生命的春夏之交，开放出的花是美的，带刺的美。第三个阶段，硕果累累，生生不息。人性的光辉，与日月同在。

时势造英雄。问题是在同样的背景下，在同样以写作为生的众多人当中，只有他明显站得更高，看得更远。

乱世出英才。思想上的强势，感情上的倾向性，当穷人和弱者占大多数的时候，他站在他们一边，从精神上支持他们。得道多助，失道寡助。

凡是传世之作，一定是通情达理之作。

中西文化的冲突与交融。以中国人的眼光看世界，以地球人的目光看中国。文学艺术与科学技术的调和，地质学与医学的根底，科学的精神，留学日本的经历，南来北往的阅历……，无一不影响到他的个性。

家族没落。少年丧父。生为长子。婚姻变故。传统守旧的观念与新潮开放的思想的碰撞，尽忠与尽孝的选择，活在矛盾中，活在裂变中，活在风暴中，写作是一种平衡：大我与小我，生与死，灵与肉，战争与和平……

生活环境是重要的。最后这 12 年，从北京到厦门，再到广州，然后是上海。20 世纪二三十年代，上海是国际大都市，在租界的日子，需要生存的智慧……在黑暗的前沿，在文学艺术的前沿，他进而能攻，退而能守，游刃有余。

我不知道一个女人对一个男人究竟能起多大的作用，能有多么重要的影响。

许广平之于鲁迅的重要性，一个人的生命力与创造力，尽情地释放，张扬着个性。

在此之前，有一部分才华是在沉睡的。中年的爱情，欣赏与被欣赏的，唤醒与被唤醒的。人需要保持一种激情，以此超越平庸。

1925 年对他来说，是命运的转折年。他迈出了一大步："我可以爱！"创作更是一发而不可收。

1925 年 1 月 1 日，他在日记里写到："晴。午伏园邀午餐于华英饭店，有俞小姐姊妹、许小姐及钦文，共七人。下午往中天看电影，至晚归。"这里所说的许小姐，就是许广平。也是同一天，他还写了散文诗《希望》、随笔《诗歌之敌》。这是一个刻骨铭心的日子，一个悲观的人由此看到了希望和生机，在暗夜中看到了光明。

他母亲是一个开明的人，又于1月25日，约了许广平等在家里午餐。

3月11日，他收到许广平的信，同一天，便回了信。从此以后，你来我往，通信渐渐多起来了。两个人的心，渐渐贴近。

每个人身上都有枷锁，都可能戴着不同的面具。他终于解脱了，挣脱了。他真实地直面自己，直面人生，直面现实。他的文字缘于对这个世界的爱，缘于对一个人的爱。爱一人即爱世界，救一人即救世界。

一件小事，有时可能改变一个人的命运。伟大的人物在没有被定性之前，也是普通的人。

他与许广平交往以后，他写的文字，似乎更有热情了，更可读了，更切实了。

他说自己的文字是被逼出来的，谁在逼他？

《被亵渎的鲁迅》（孙郁编，群言出版社）收录了从1926年至1966年，从大陆到台湾，一些文化名人对他攻击、批判与谩骂的文章。

现代评论派、狂飙派、曾经的追随者……评论文章重要的是比眼力，比文笔，比功力的。

愈挫愈奋。看他的文章很过瘾，很痛快。好就是好。而批评他的文章，略显苍白，就像真迹与赝品之别，看一遍还行，再看就觉得没什么意思了。

人的涵养不同，学力不同，境界有差距，写出来的东西就会有天壤之别。

有什么样的读者，就会有什么样的作家。一方面，作家创作的精神食粮影响读者；另一方面，读者的需求反过来影响作家。

对自己了解越深，对读者的了解往往也越深。以其智，以其勇，时时剖析自己的人，也是在剖析他人。人性有相近的弱点，或多或少，或大或小，揭示出来，以唤起共鸣、引起警示。

他置身的那个年代，改良的呼声，民主的呼声，复古的呼声，革命的呼声……，风起云涌。有志青年，抛头颅、洒热血。——国家兴亡，匹夫有责。

行胜于言。在民族危难之时，他意识到了一旦青年沉静下来，读古书，学古人，暮气沉沉，那么希望何在？

进步的思潮，从对年轻人的启蒙开始，能做事的做事，能发声的发声，能走出去的走出去，不破不立，在破中立。

一代人的付出与牺牲，为下一代人能过上理想的生活、前所未有的生活而努力。

读者的期待，也是他写作的源泉。诗也罢，小说也罢，杂文也罢，从读者中来，到读者中去。

知识的积累，学问的功力，深刻的观察力与判断力，思想的穿透力……

说到心里去的话，写到心里去的文字，最有感召力。

需要有力量的文字，有艺术感的文字。绵里藏针是一种力量，以柔克刚是一种力量，以情动人、以理服人是一种力量。面对中庸保守，极端是一种力量。

时光流逝，好的文字是能经得住推敲的，经得住实践检验的。

在无心处用心。如果想向他学什么，还要看他学什么。

他的书账，有多少闻所未闻的书，又有几本读过了？他喜欢什么，借鉴了什么，汲取了什么？对照自己，能多学一点算一点，多做一点算一点。

多少年的寒窗，多少年的冷板凳，多少年的苦读？

水到渠成，自然而然。

以少胜多，以短胜长。

一句话能表达清楚的，不用一段话。竭力将可有可无的字去掉，余下的便是精华。

文章简洁而淋漓尽致，语言诗化而丰富多彩。

功夫深了，修养好了，写什么是什么。

人是有预感的。像他那样有大智慧的人，对生死自然比其他人看得更透彻。

1936年9月3日夜，他写给母亲的信，提到了"肺病是不会断根的病，痊愈是不能的，但四十以上人，却无生命危险，况且一发即医，不要紧的，请放心为要。"他的父亲是因肺病去世的，他母亲是通达、聪慧之人，也一定意识到什么了。

爱惜时间的人，知道时间的紧迫。疾病影响了他的写作，写作也影响到他的疾病。

他想到了后事。9月5日，他写出杂感《死》，也是遗嘱，以轻松的语气，谈论沉重的话题。

无所谓，不在乎，不买账，无所畏惧，从容淡定，心安理得。

"要赶快做。"

他才做了那么多有意义的事，写了那么多有价值的文字。

为什么越写越多？为什么越写越有后劲？写作是快乐的事，幸福的事。

神龙见首不见尾。谁能回答？

认真去读他的书，年表是重要的，写作的时间和空间是重要的，认识的人是重要的。

生，恰到好处；爱，恰到好处；恨，恰到好处；写，恰到好处；死，也恰到好处……

为生命赢得了尊严，为文学艺术赢得了尊严。他自由了。

写在后边的话

一边是学习，一边是工作。"对人惟一重要的是意义。"因为这一本书，而读了那么多的书。书与书之间，是有缘分的。

在鲁迅的书中，我读出了人生的意义，也希望自己能写出一本有意义的书。

如果说有偶像的话，那么他就是偶像了。

想写一本有关励志的书。

昼思夜想，为了这一本书；魂牵梦绕，为了这一本书；废寝忘食，也还是为了这一本书。我尽心尽力了。

"通过写作来改变自我。"（福柯）在世俗的生活中，改变自我的方式有多种，写作只是一种。

在一个人的身上，看到许多人的影子。

从影子中走出来。

写作，为了还原什么？从人到神，再从神到人；从人到魔,再从魔到人,归根结底,从人到人的过程,才是切实的。只是有完成的人和未完成的人而已。

每一次写作的开始,都是一次未知的尝试。倘若胸有成竹,那么也就失去写作的新鲜感了。

似曾相识,无可奈何。

在陌生化的背景下,寻找生命中的共鸣点。感动自己的地方,就有可能感动读者罢;激励自己的文字,就有可能激励读者罢;对自己有益的东西,对读者也会有益罢。

意义是他的意义,价值是他的价值。

从单行本,到选集,再到全集,在他的原著当中,有你所需要的在,有你所爱的异端在,有你所期待的希望在。

一本书,定位在普及,不在学术;侧重在好读,不在考据;偏向在诗性,不在文论。

一气呵成的感觉,一发而不可收的激情……为什么会写着写着就忘却了时间,一片空白,写这一篇的时候,忘却了上一篇。在记忆中忘却,又在忘却中记忆。

桑德斯说到歌德的格言:"以一般的兴趣把它们当作一位伟大作家的著作来看待,也是容易做到的。可是一个人如果没有足够的经验,不了解它们所包含的真理,就无法充分理解它们的价值。如果我们在获得经验的同时，也获得真理，那就是幸运的了！"以此去理解他，也不失为一把入门的钥匙。

写一本书的目的，自然希望读者越多越好，从另外一方面说，哪怕只有很少的读者也好，即使没有，自己写给自己，自己充实自己，自己武装自己，也还是好的。

"知识改变命运。"人生的乐趣，在求知的过程中，在爱好的选择中，在愿望的达成中。

当用心去写一本书时，从某种角度说，也是在重新塑造自己，重新发现自己。

一本书是一个阶段的了结，另一个阶段的起点。

他说："巨大的建筑，总是一木一石叠起来的，我们何妨做做这一木一石呢？"（1935年6月29日致赖少麒信）

写作也是一样的，从一点一滴，一字一句做起，日积月累，就会有起色了。

人生的因果关系，前边的因和后边的果，存在着内在的逻辑。现在之所以能写一本书，与多年以来读过的书，与自己的思考，与生存的现状，不可分割。

写作进入状态的时刻，有感觉的时刻，是幸福的时刻。

努力寻找有益的东西，寻找的过程也是选择的过程。凡是引文有出处的，就注明出处；没有出处的，就加上引号。尽可能减少繁琐，减少阅读中的障碍。即使到不了行云流水，也要顺其自然。"行于所当行，止于所不得不止。"

"生活是严肃的，艺术是宁静的。"（席勒）在严肃中看到活泼，在宁静中看到运动，在历史中看到未来。

写作的目标，只有在超出自己想象的时候，最有吸引力；写作的方向，只有在写作的途中，不断调整思路；写作的目的，在写到最后一页的时候，意犹未尽。

我们穷其一生，能写出多少有意义的诗、有价值的小说、有品位的散文、有情趣的剧本、有独立思考的论文？

当意识到自己的局限时，当处在喧嚣和浮躁中时，如何能挖掘出哪怕一点有益的东西，给予亲人、爱人、友人，给予年轻的、成长着的读者。

在书中，我想竭力避免说教，如果是自己不感兴趣的话，那么，又何必再写给别人看呢！不论什么事情，只要感到勉强，也就索然无味了。

打开一本书，就像打开一扇门，或者一扇窗子，将通向哪里？

一本好书直抵理想的境地，那么一本坏书呢？又由谁来界定好与坏的标准？

时光。人心所向。经典。

《傲世者》，是一个叫于斯曼的人写的，法国诗人瓦雷里说他"将此书读了五十遍"。那是一本什么样的书。在我们的阅历中，"好书不厌百回读，熟读深思自知明"。

寻找一部适宜于自己个性的经典的书，读深读透，对自己有益。

我们选择谁的书，当作枕边书、床头书？我们对一本书的感情，像对谁的感情，能保持多少年？人有没有深情厚谊，对书与对人是一样的。

"读你千遍也不厌倦。"一句流行歌词，蕴含着什么？

你能预知写什么，不写什么吗？在生活中，很少有奇迹发生，而在写作中却是有的。

据记载，他一生共写了5600多封书信。

现在从他的全集中见到的第一封信，写于1904年10月8日，在日本仙台留学时致蒋抑卮，他那时刚看了一部书《黑奴吁天录》，一篇手录的《释文》，"穷日读之，乃大欢喜"。"此地颇冷，晌午较温。其风景尚佳，而下宿则大劣。再觅一东樱馆，绝不可得。即所谓旅馆，亦殊不宏。"

如果不算他在 1936 年 10 月 18 日以日文写给内山完造的纸条，那么他最后一封信是 10 月 17 日致曹靖华的。他说："近来记性，竟大不如前，作文也常感枯涩，真令人气恼。"他还牵挂着瞿秋白的《海上述林》。对生存的环境，"我本想搬一空气较好之地，冀于病体有益，而近来离闸北稍远之处，房价皆大涨，倒反而只好停止了"。有许多事是无奈的。

他的一生共写了 800 多篇杂文。1898 年写的《戛剑生杂记》算是处女作。其中说到酒，观察细致入微："试烧酒法，以缸一只，猛注酒于中，视其上面浮花，顷刻迸散净尽者为活酒，味佳，花浮水面不动者为死酒，味减。"

1936 年 10 月 17 日写《因太炎先生而想起的二三事》，病中之作："老人这东西，恐怕也真为青年所不耐的。例如我罢，性情即日见乖张，二十五年而已，却喜欢说一世纪的四分之一，以形容其多，真不知忙着什么……"

言有尽而意无穷，心有余而力不足，悲哉。

写着写着，有无话可说的时候，还有什么疏漏的，还有什么可以补充的。同样的一个人和一部书，不同的人看到不同的侧影，留下不同的印象，不同的记忆……

他的挚友许寿裳在他离世 11 年后，作《鲁迅的游戏文章》："和鲁迅相处，听其谈吐，使人得一种愉快的经验，可以终日没有倦容。因为他的胸怀洒落，极像光风霁月，他的气度，又'汪汪若千顷之波，澄之不清，挠之不浊，不可量也'。"

幽默有两种，一种是由里向外的，一种是由外向内的。他的幽默那是从骨子里散发出的幽默，而林语堂提倡的幽默就有了做的痕迹，显得不那么自然了。

游戏是一种放松，人不能老是绷着，箭在弦上，发还是不发,时间一长，也就疲软了。幽默是一种智慧,登高望远，不论看到了什么，能自嘲，懂反讽，会调侃，写起来就有意思了。

成人之间，谁也不想听教训的话，谁也不愿看教训人的文章，道理谁不明白，就看你如何表达了。

以什么样的口吻去说，以什么样的腔调去表现？同样的事物，为什么从不同人的嘴里说出来，就走样了。三人成虎，三个女人一台戏；三人行，必有我师；一生二，二生三，三生万物……

有没有趣味，有没有内涵，有没有好玩的东西？

一部书，写作的动力，出版的价值，重读的意义？

视觉上美的东西，似乎莫过于美术了。

一幅名为《希望》的画，在不同的年代，激励过不同种族、不同信仰、不同国籍的人。英国画家乔治·费雷德里克·瓦兹（1817—1904）的《希望》，曾经给他以希望。

周作人在《鲁迅的故家》中说："鲁迅的《新生》杂志没有办成，但计划早已定好，有些具体的办法也有了。稿纸定印了不少，至今还留下有好些，第一期的插图也已拟定，是英国十九世纪画家瓦支的油画，题云《希望》，画作一个诗人，包着眼睛，抱了竖琴，跪在地球上面。"

一个世纪转瞬即逝。

还是那幅《希望》，激励了美国黑人青年奥巴马，他发表了题为《无畏的希望》的演讲。——原出自前牧师赖特的布道。

诗人也罢，年轻的女子也罢，她身体前倾，头颅低垂着，蒙着绷带的眼睛，看不清世界了，还在抱着七弦琴，生命中仅剩的一根琴弦，还能弹奏出希望的声音。

赖特说："虽然这名女子身上有着瘀伤和血痕，穿着破烂不堪，竖琴也只剩下一根弦，她就像是一名受难者，但是画家仍敢于把这幅画命名为'希望'。虽然世界被战争撕裂，虽然世界被战争摧残，虽然世界被猜疑蹂躏，虽然世界被疾病惩罚，虽然在这个世界上充满饥饿和贪婪，虽然她的竖琴被毁坏得只剩下一根琴弦，但是这位女人仍有无畏的希望，在她那仅存的一根琴弦上，去弹奏音乐，去赞美上帝。"

奥巴马竞选上了美国总统，在《父辈的梦想》一书中，他说出了《希望》这幅画对他青年时代的影响。

在怀念他的文章中，对日常生活细节多有描写的，是萧红的《回忆鲁迅先生》。

关注写作环境："鲁迅先生的写字台面向着窗子，上海弄堂房子的窗子差不多满一面墙那么大，鲁迅先生把它关起来，因为鲁迅先生工作起来有一个习惯，怕吹风，他说，风一吹，纸就动，时时防备着纸跑，文章就写不好。"

观察写作习惯："鲁迅先生多半是用毛笔写的，钢笔也不是没有，是放在抽屉里。""写文章用的材料和来信都压在桌子上，把桌子都压得满满的，几乎只有写字的地方可以伸开手，其余桌子的一半被书或纸张占有着。"

留心枕边绘画："在病中，鲁迅先生不看报，不看书，只是安静的躺着。但有一张小画是鲁迅先生放在床边上不断看着的。""那张画，鲁迅先生未生病时，和许多画一道拿给大家看过的。小得和纸烟包里抽出来的那画片差不多。那上面画着一个穿大长裙子飞散着头发的女人在大风里面跑，在他旁边的地面上还有小小的红玫瑰花的花朵。"

萧红会写，在看似平淡的叙述中，表达出一种深情。她的那篇文章，原载 1940 年生活书店出版的《回忆鲁迅先生》。

一本书就要到尾声了。

还有什么想说的，还有什么没说的？

他是谁？我们是谁？你是谁？他是如何写作的？谁能回答。

一个人的身上，最值得敬重的是品质。在黑暗中看到光明，在愚昧中看到智慧，在绝望中看到希望……

已尽心尽力去写了，读过的书，看过的故居，听到的讲述，想到的情节。

写作上的克制，语言上的内敛，文字上的推敲。

只能如此，也只好如此了。

参考书目

《鲁迅全集》（二十卷），人民文学出版社，1973年版，包括著作、译文和辑录的古籍。

《鲁迅全集》（十六卷），人民文学出版社，1981年版，较详实的注释。

《鲁迅著译编年全集》（二十卷），人民出版社，2009年版；一套编年体的文本。

《大先生鲁迅》，四川文艺出版社，1997年版；平实的纪念文集。

《鲁迅杂感选集》，青光书局，1933年版，瞿秋白作序。

《漫话老上海知识阶层》，李康化著，上海人民出版社，2003年版。世俗生活的对照，从1928至1936年经济收入的数据参考。

《鲁迅图片集》，上海人民出版社，1977年版，直观上的印象。

《一个人的呐喊》，朱正著，北京出版社出版集团、北京十月文艺出版社，2007年版。

《鲁迅藏画录》，孙郁著，广东省出版集团、花城出版社，2008年版。

《寻找鲁迅·鲁迅印象》，钟敬文著／译，北京出版社，2002年版。

《关于鲁迅》周作人著，止庵编，新疆人民出版社，1997年版。

《鲁迅序跋集》（上下卷），山东画报出版社，2004年版。

《2003年鲁迅研究年鉴》，人民文学出版社，2005年版。

《鲁迅手稿全集》（五卷），文物出版社，1978年版，收集不全，主要是书信。

《鲁迅名篇手迹》（四卷），中国电影出版社，珍藏版，1999年版。

《鲁迅书影录》，孙郁著，东方出版社，2004年版。

《鲁迅史料考证》，朱正、陈漱渝等著，河北教育出版社，2000年版。

《读鲁迅书》，何满子著，上海古籍出版社，2002年版。